Sur l'auteur

Auteur parmi les plus représentatifs de la littérature policière napolitaine, Angelo Petrella est aussi journaliste et scénariste. *Fragile est la nuit* est son septième polar.

ANGELO PETRELLA

FRAGILE EST LA NUIT

Traduit de l'italien
par Nathalie Bauer

10
18

PHILIPPE REY

Titre original :
Fragile è la notte

ISBN 978-2-264-07794-3
Dépôt légal : janvier 2022

Le monde est un endroit magnifique pour lequel il vaut la peine de se battre.

Ernest Hemingway[1]

1. *Pour qui sonne le glas*, traduction de Denise van Moppès, Paris, Gallimard, 1961.

PREMIÈRE PARTIE

1

Denis ouvrit son paquet et glissa une Rothmans entre ses lèvres.

Il faisait chaud. Une maudite chaleur d'été, et on n'avait pas encore terminé d'installer l'air conditionné au commissariat. L'unique ventilateur, au plafond, était trop éloigné de sa table.

Il se leva brusquement et ouvrit la fenêtre, crachant la fumée vers les pins. Il avait mal à la tête depuis le matin, et les deux Aulin qu'il avait avalés n'avaient eu aucun effet. Son taux de transaminases était trop élevé, le médecin lui avait ordonné de se calmer : « Bordel, laisse tomber ces saletés… Baise plus souvent ou fais du sport, remets-toi par exemple au tennis. Mais arrête le cognac.

— C'est du Macallan.

— Peu importe. Tu m'as compris. »

Denis avait acquiescé avant de poser l'argent de la consultation sur la table. Puis, en sortant du cabinet, il avait cherché le premier bar à vins pour acheter un flacon de 33 centilitres.

Il travaillait à Pausilippe depuis dix ans. Dix années de limbes : dix années à s'occuper de chiens enlevés, d'accidents de la route, de permis de conduire égarés et tout au plus d'un cambriolage.

Chaque soir, il repensait aux raisons qui l'avaient conduit là. Et il se torturait comme un de ces condamnés à la perpétuité qu'il avait lui-même flanqués en prison avant de gagner le lieu de son exil.

Mais c'était une autre époque. Une époque de gloire, de cuites fabuleuses, de baises dans les villas des riches. Une époque qui lui avait coûté la seule femme qu'il avait aimée : « Je te quitte, tu as un caractère de merde, Denis. » Il ne l'avait même pas accompagnée à la porte. Il s'était enfermé dans sa chambre, avait fracassé les meubles et le soir, ivre mort, avait dragué une Ukrainienne du côté de Mondragone. Il s'était fait sucer sans préservatif et avait attrapé une infection qui lui avait valu une cure interminable d'antibiotiques. Heureusement ni VIH ni hépatite. Du moins pas à cette occasion.

Ç'avait été aussi une époque d'argent facile. Les sociétés de paris sportifs en ligne n'étaient pas encore répandues. Il suffisait de presser les bookmakers ou de coincer deux ou trois joueurs pour les persuader de vous donner un tuyau gagnant ou de rater une passe au moment décisif. Le football était un cloaque. Le monde entier était un cloaque, mais Denis avait trouvé le moyen de surnager sans se salir.

Il entendit le téléphone sonner au standard. C'était rare en ce mois d'août où les millionnaires étaient en vacances et les maisons sans surveillance. Teresa passa d'abord l'appel au chef et, quinze minutes plus tard, apparut à la porte du bureau de Denis.

« Il te demande. Y a du boulot.

— Quel genre de boulot ?

— Je ne sais pas. Un 8,75, je crois.

— Oh ! putain. Du free jazz, enfin.

— À ce qu'il paraît. »

Elle tourna ses fesses vissées dans une jupe de bibliothécaire. Denis la fixa un instant. Une idée mauvaise lui vint à l'esprit.

« Et ce soir ? »

Teresa eut un geste agacé et poursuivit son chemin sans se retourner. Denis éteignit sa Rothmans, puis éclata de rire.

Le commissaire Lettieri l'attendait, les yeux rivés sur le bois de pins situé derrière le bâtiment. Il pinçait entre ses lèvres, qui dissimulaient ses dents jaunes, son habituelle Marlboro diminuée du filtre. Les cimes des arbres étaient sèches, comme fouettées par une maladie qui semblait avoir envahi tout le quartier, toute la ville. Pausilippe n'avait plus rien du *buen retiro* qu'il était vingt ans plus tôt : les riches étaient devenus avares, violents. Dangereux. Papiers sales, verre brisé, ordures et rats morts jonchaient le sol. Le dispensaire du coin était toujours plein. Personne ne le savait, mais il arrivait au commissaire adjoint Finamore de dératiser les rues à l'aide de son Beretta 92, les nuits de samedi et dimanche, quand il y avait beaucoup de bordel dans les bars de la via Petrarca ou dans les sandwicheries qui poussaient comme des champignons.

Son chef l'invita à s'asseoir et jeta à la corbeille un gobelet en plastique qui avait contenu du café.

« Je ne t'aime pas, tu sais, Carbone.

— Si je peux me permettre, c'est réciproque.

— Exact. Et ça ne me dérange pas. »

Il portait un complet bleu foncé, très élégant comme toujours, mais ses cheveux blancs, négligés, lui donnaient l'air d'un directeur d'hôtel.

« Il y a trop de favoritisme dans cette maudite ville. Le problème, ce n'est pas la Camorra, c'est le chômage. C'est le favoritisme qui a baisé Naples.

— Je suis d'accord.

— Des conneries. Tu es payé pour être d'accord. Ou plutôt, tu y es obligé. Car ce commissariat est le dernier endroit qui te reste avant de devoir chercher un emploi de maçon ou de barman. Un emploi que personne n'est prêt à te donner, entre parenthèses. »

Denis commença à balancer les jambes. Ces discours le rendaient dingue. Depuis qu'il connaissait le commissaire, il rêvait régulièrement de le ficeler à sa chaise et de lui tirer une balle dans le front. En attendant, il se contentait d'allumer une Rothmans et de lui souffler la fumée au visage.

« C'est super de bavarder dans ton bureau, sur un tapis de bourge et devant des photos où on te voit lécher le cul du président.

— Ne me tutoie pas quand on est en service. Ou plutôt ne me tutoie jamais.

— OK. »

Le chef se passa la langue sur les dents et lissa sa moustache. Puis il tira le coup de canon :

« On a tué une femme.

— Une femme ?

— Une femme du quartier, semble-t-il. Mais ce soir je suis convoqué à Rome.

— Je l'ai entendu dire.

— La commission d'enquête parlementaire, un vrai cirque. Tout ça à cause du type qui s'est suicidé il y a dix ans. On a rouvert l'enquête.

— Et ?

— Rien. Il faut que j'aille à Rome. Finamore est en vacances, il est sûrement en train de foutre en l'air ses heures sup aux vidéo-pokers illégaux de Capo Posillipo. »

Le chef était un fumier, mais il avait du style.

« Il ne reste donc que moi », déclara Denis en proie à un sentiment qui ressemblait à de l'espoir. Il regretta aussitôt de l'avoir affiché et tira une nouvelle fois sur sa cigarette.

« Tu t'occuperas des premières enquêtes. Les gars de la Scientifique ont déjà été avertis. Prends des notes et les conneries de ce genre, mais pas d'initiatives. Après quoi, tu me téléphones et tu me fais ton rapport. Puis tu me transmets tout à mon retour.

— Et ? »

Le chef soupira et s'arracha un poil de barbe. C'était un des derniers poils foncés.

« Bordel..., gémit-il, si tu te tiens à carreau on y travaillera ensemble. »

La villa était rose, énorme. Elle tranchait sur les symétries d'arbres et d'immeubles datant du bétonnage forcé des années soixante. La via del Marzano paraissait, elle aussi, plongée dans une autre époque : des deux côtés s'étendaient champs, écuries et vignobles de mauvaise qualité.

Denis ne fut pas le premier à arriver : il y avait juste assez de place, dans la rue, pour garer sa voiture. Il jeta un regard circulaire et sortit sa bouteille de Macallan. Il en but une longue gorgée et franchit le portail d'un pas nonchalant. Le spectacle qu'il découvrit était à couper le souffle : toute l'étendue du golfe enchâssée dans un pavillon de jardin avec coin bar, poêles d'extérieur, palmiers nains, bougainvilliers et piscine olympique. Derrière, un bâtiment d'environ vingt pièces doté d'une tour à l'air mauvais qui évoquait un refuge. Ou une garçonnière.

La femme gisait au pied de la tour, la tête fracassée sur les pavés et les entrailles mêlées au sang. Il faisait chaud et les mouches se conduisaient comme des vautours. Les photographes de la Scientifique prenaient des photos dans tous les sens, tels des paparazzis de revues stupides. Ce genre de revues dont Laura raffolait quand ils étaient ensemble…

« Tiens, l'inspecteur Callaghan… Ou faut-il dire Poubelle[1] ?

— Disons Gargiulo.

— C'est-à-dire ?

— Le type qui t'enculera si tu prononces un mot de plus. »

Denis leva les yeux. Le soleil jaunâtre diffusait une lumière malsaine. Un vol de quinze mètres, sans espoir. Le corps de la femme commençait à sentir mauvais. L'œil droit avait jailli de l'orbite.

« Qu'est-ce qui s'est passé ? demanda-t-il.

— On est là pour ça, lui répondit Tagliamonte.

— Négatif. C'est *nous* qui avons reçu l'appel téléphonique.

— Mais c'est *nous* qui sommes arrivés les premiers.

— Des conneries, répliqua Denis en allumant une Rothmans. C'est un boulot de flics, pas de traîtres. »

Tagliamonte lui lança un regard irrité. Il était

1. Allusion à un personnage interprété par Tomás Milián dans trois films policiers d'Umberto Lenzi entre 1976 et 1980 : petit voyou et indic des bas quartiers de Rome (d'où son surnom en dialecte romain, Er Monnezza « L'Ordure », traduit dans la version française par « Poubelle »). Il est l'auteur de la réplique suivante, un peu absurde (Gargiulo rime avec *culo*, « cul »). *(Toutes les notes sont de la traductrice.)*

commissaire divisionnaire, chef de la PJ, avait vingt-cinq ans de plus que Denis et était à l'origine de sa chute.

Quelque temps plus tôt, Denis s'était lancé dans des affaires de chantage avec quatre collègues, dont deux de la Digos[1] et une secrétaire du commissariat central où il travaillait alors. Ils s'étaient concentrés sur un milieu de terrain du Napoli. Un fils de pute calabrais qui aimait la coke et les travestis. Ils l'avaient filé, avaient tabassé son garde du corps, qu'ils avaient obligé à révéler ses déplacements. Hôtel Royal, Excelsior et deux horribles hôtels donnant sur la voie express. Le footballeur y conduisait ses victimes et se démenait toute la nuit du samedi. Juste avant les matchs. Les cinq compères avaient corrompu le concierge de l'hôtel, puis truffé la chambre de micros et de caméras. Le type aimait la défense à trois, et d'excellentes vidéos le montraient enculant son partenaire et se faisant enculer. Résultat : le lendemain, il avait raté une passe en arrière à la quatre-vingt-dixième minute. Le match s'était terminé sur un score improbable de 1 contre 2. Denis avait misé cinq mille euros et avait raflé dix fois plus.

Le soir, alors qu'il fêtait son coup dans un club de strip-tease de Villaggio Coppola, il avait vu surgir Tagliamonte, qui lui avait adressé un ultimatum.

« Tu es un crétin, Denis. De deux choses l'une, ou tu démantèles ton activité et t'installes à Pausilippe, ou je te fais virer de la police. Et jeter à Poggioreale. »

1. Ce corps de police, dont l'acronyme signifie « Division des enquêtes générales et des opérations spéciales », s'occupe essentiellement des activités subversives et terroristes. C'est l'équivalent du SCRT (Service central du renseignement territorial) français.

Denis avait dû avaler la bouchée de merde.

« Une dernière chose. Soixante pour cent des gains iront au fonds personnel des contrôleurs généraux de la via Medina[1]. »

Tagliamonte était un salaud, mais il avait eu du flair. Et il l'avait coincé. C'était sa spécialité : débusquer ses collègues corrompus et les mettre dos au mur. Voilà comment il avait fait carrière.

La nuit même, Denis lui avait apporté sa part. Puis il était monté au commissariat et avait libéré sa table. Mais, avant de partir, il était entré dans le bureau du commissaire et avait pissé sur son fauteuil en cuir.

« Elle est tombée ou elle s'est jetée d'en haut ? demanda-t-il aux hommes de la Scientifique.

— C'est à toi de l'établir. Trop tôt, pour nous. On attend le médecin légiste.

— Il y a quelqu'un dans la maison ?

— Juste le Sri Lankais. Mais il parle un italien de merde. Et il prétend qu'il était absent cette nuit.

— Où est-il maintenant ?

— À l'intérieur. »

Denis jeta sa Rothmans entre les pieds de Tagliamonte sans lui accorder un regard. Puis il pénétra dans l'ombre de la villa.

1. À Naples, il existe un commissariat central, situé dans la via Medina, et des commissariats de quartier, dont celui de Pausilippe, le quartier « chic ». Poggioreale est le nom de la prison locale, située dans le quartier éponyme.

2

Les flics du commissariat central avaient déjà tout contrôlé. Il s'était trompé : il y avait plus de trente pièces. Chambres, petits salons décorés avec des peaux de félins, un canapé de huit mètres de long aux finitions en or, des tableaux d'artistes contemporains, un Pollock au-dessus du billard. Des gens riches. Des gens sans scrupule. Qu'un caprice de leur sérotonine ou un découvert bancaire poussent à la mort ou au suicide.

Le Sri Lankais s'appelait Roshan et semblait plus qu'apeuré. Deux fois plus gros que nécessaire, coupe de cheveux années quatre-vingt, uniforme à rayures rouges et noires. À première vue, un esclave : un pauvre Nègre incapable de commettre un meurtre. Mais on ne savait jamais, à preuve le crime de l'Olgiata[1], pensa Denis.

« Qu'est-ce que tu sais ?

— Moi… rentré ce matin tôt. Pas vu Madame,

1. Célèbre affaire qui passionna l'Italie et demeura irrésolue pendant vingt ans : le meurtre de la comtesse Alberica Filo della Torre en 1991, dans le quartier de l'Olgiata à Rome, par un domestique philippin licencié un peu plus tôt.

entré autre côté. Puis faire ménage et quand soleil levé, mon Dieu ! »

Roshan se signa. Denis l'invita à s'asseoir au salon. Avisant un bar roulant garni de dizaines de bouteilles, il en choisit une au hasard et mit dans le mille au premier coup : Macallan. Le Sri Lankais avala le verre d'un trait et prononça quelques phrases hachées.

Il en résulta un portrait intéressant : la femme se nommait Ester Fornario et avait divorcé cinq ans plus tôt d'un entrepreneur du bâtiment, qui lui avait laissé avant de mourir la villa et une rente de dix mille euros. Mensuels : une bonne raison pour ne pas se suicider.

Elle vivait seule et employait Roshan à temps plein, ainsi qu'un jardinier et un chauffeur à la demande. C'était aussi le cas des deux femmes de ménage. Elle passait son temps à boire, à jouer au bridge et à donner des soirées. Elle n'avait ni compagnon ni amant. Ce fut du moins ce que Roshan déclara en posant les yeux sur la bouteille de Macallan. Suffisant pour que Denis comprenne qu'il mentait.

« Emmène-moi dans la tour », lui ordonna-t-il.

Le Sri Lankais acquiesça et se leva. On voyait à travers la baie vitrée, de l'autre côté du talus qui délimitait la villa, des voitures garées dans un parc privé à une cinquantaine de mètres de distance. Pour y accéder, il fallait regagner la via Petrarca et effectuer un parcours tortueux. Devant la baie vitrée se trouvait un télescope, mais, vu sa position, il ne permettait pas de distinguer la moindre portion de ciel. Denis nota mentalement cette bizarrerie. C'était la seconde en l'espace de quelques minutes.

« Attention à marches longues, dit Roshan en l'escortant vers l'escalier en colimaçon.

— Me casse pas les couilles. Monte. »

La tour était telle qu'il l'avait imaginée : un atelier circulaire avec des livres partout, un chevalet et des dizaines de toiles tout juste esquissées et entassées par terre.

« Madame aime peinture.

— Aimait, désormais. »

Les membres de la Scientifique avaient déjà fait leurs relevés, pris les empreintes, confisqué un tas d'objets et bombardé les lieux de photos. La fenêtre était grande ouverte sur un panorama monstrueux : le corps était toujours là, trop proche pour avoir été poussé, trop loin pour être tombé.

« Malédiction ! » murmura Denis.

Il leva les yeux : les créneaux de la tour se dressaient à plus de quatre mètres de là. Le soleil commençait à se souiller de nuages, et toute la canicule de ce mois d'août semblait s'être donné rendez-vous à Pausilippe.

« Comment on monte là-haut ?

— Il y a échelle dehors. Monter de par terre. »

Denis soupira, perplexe, puis se pencha par la fenêtre et vit des échelons en fer qui partaient du sol pour monter jusqu'au sommet. Du coin de l'œil, il remarqua que le Sri Lankais fixait nerveusement le plafond, comme s'il y cherchait quelque chose. Il eut une intuition qu'il s'abstint de révéler.

Quand ils regagnèrent le rez-de-chaussée, il poussa Roshan vers l'entrée et s'attarda dans le salon au bar roulant. Il jeta un regard circulaire et, une fois assuré d'être seul, attrapa le whisky sur l'étagère et remplit sa flasque.

Alors qu'il rentrait chez lui en voiture, trois heures plus tard, son téléphone portable sonna avec insistance. Denis jeta sa cigarette dehors et salua deux putains qui s'efforçaient de le séduire au bord de la route.

« Allô ?

— Du nouveau ? »

C'était son chef. Denis lui raconta tout, à l'exception des bizarreries et de son intuition. Puis il passa à l'attaque.

« On a un problème.

— Je t'écoute.

— Tagliamonte, ce casse-couilles, était sur place. Ils veulent sûrement nous piquer l'affaire. Il était accompagné de tous ses gars et il m'a fait comprendre que le préfet de police l'appuyait.

— Tagliamonte est un politicien doublé d'un connard. Dieu seul sait combien de saloperies il a faites dans sa vie. Mais il a un côté positif : il t'a chassé du commissariat central à coups de pied au cul. Et il a aussi un avantage sur toi : les culs, lui, il sait les lécher.

— Comme vous, chef. »

Lettieri éclata de rire, mais d'un rire brisé.

« Je m'occupe de Tagliamonte. Toi, continue, on se tient au courant demain. »

Denis raccrocha et rétrograda en quatrième. Des pins et des sapins se pressaient maintenant autour de la route menant à Lago Patria. D'autres putes noires et quelques toxicos stationnaient au bord, en nage, désespérés.

Il vivait à une frontière invisible sur les cartes géographiques, une frontière née pour héberger des familles et qui avait fini par s'enfoncer dans le terrain le plus pourri : des pavillons mitoyens alternaient avec des rues en mauvais état, et les pylônes dessinaient des ombres mauvaises sur l'asphalte.

Soudain, une étrange tristesse l'envahit et il projeta violemment la bouteille de Macallan sur la chaussée. Les fragments explosèrent derrière lui, et quelques voitures klaxonnèrent. Il pensa à Laura : il se l'était juré, mais il n'arrivait pas toujours à tenir son serment. C'était plus fort que lui. Cela le *transcendait*. Quand il songeait au temps perdu, aux tromperies, à l'argent qu'il avait gaspillé en étant toujours loin de chez lui, et aux saloperies qu'il avait organisées avec ses collègues, il sentait grandir en lui un sentiment qui ressemblait plus à de la nostalgie qu'à des remords.

Il passa devant chez lui, puis décida d'aller tout droit à Castel Volturno. Il s'arrêta à une cinquantaine de mètres de l'immeuble qu'elle habitait et alluma une Rothmans.

Une bonne heure le séparait du crépuscule.

Quand il fut certain d'être seul, il s'empara de son passe-partout et s'affaira autour de la serrure pendant quelques instants. Les cylindres étaient obstinés mais ils cédèrent vite. Il entendit le *clic* qui précédait l'ouverture : effraction valant une peine de prison de six mois à trois ans. Il chercha à tâtons la boîte aux lettres de Laura et en tira le courrier du jour avec un grognement. Puis il fourra le tout dans sa poche et regagna sa voiture.

Il n'y avait pas grand-chose : une facture de gaz, une revue de potins, la publicité d'un centre de bien-être ayant un lis pour logo et le relevé de la carte bancaire. Denis déchira avidement l'enveloppe et parcourut la liste : divers achats, des bibliothèques, des agrès et un hôtel de Capri où elle avait séjourné un week-end. Certainement avec lui, *l'autre*.

Il jeta son paquet de Rothmans vide par la vitre

baissée et plaça le courrier dans la boîte à gants. Il ferma les yeux et essaya de retenir sa respiration, puis il attrapa une bouteille de réserve, sous son siège, et but au goulot.

Quand il la vit arriver, à 22 h 30, il était assez ivre pour faire une bêtise. Mais il parvint à se maîtriser. Comme chaque fois.

Laura avait toujours la même apparence. Quelques rides avaient dû se former sur son visage. Et les vaisseaux sanguins de ses cuisses avaient certainement commencé à éclater, de plus en plus nombreux. Mais il ne les voyait pas : il ne voyait rien. Il se rappelait juste un sourire derrière des cheveux bouclés et une lèvre mordillée pendant qu'elle riait et murmurait « Arrête ».

Il prit une photo avec son portable, puis attendit que la porte se referme pour rallumer le moteur.

3

Il atteignit le Copacabana à minuit. Les lumières de l'entrée se noyaient dans le noir. Elles faisaient peur, comme chaque nuit.

Il s'assit au comptoir et commanda un Macallan. Le barman lavait les derniers verres. On distinguait, à travers la vitrine, des feux de bois le long de la rue, ainsi que des feux d'artifice tirés en direction de la mer.

« Toujours plus tard, Carbone ?

— Toujours plus assoiffé. Verse. »

Le barman remplit le verre. Il s'apprêtait à ranger la bouteille quand il se ravisa et la posa sur le comptoir.

« Je me disais qu'en fin de compte on fait le même boulot, toi et moi, Carbone. On écoute les conneries des gens toute la journée et ils nous paient pour ça.

— Moi, c'est l'État qui me paie. Et je n'ai jamais eu foutrement rien à te dire.

— C'est pour ça que je te trouve sympa. »

Denis sentit ses joues s'enflammer. C'était peut-être son foie. Il était ivre. Il repensa à la femme, à sa tête blonde fracassée contre la pierre. Agacé, il se mit à tambouriner du pied contre le tabouret.

Pendant ce temps-là, le barman s'était penché et avait ouvert une sorte de trappe dans le sol. Denis plissa les paupières pour combattre son mal de tête et demanda, intrigué :

« D'où sort ce trou ?

— C'est là qu'on met les trucs importants, répondit l'homme en attrapant une caisse de bouteilles et un fût de bière vide. Les trucs importants sont toujours cachés. »

Denis avala son whisky, saisit son portable et chercha la photo de Laura qu'il avait faite un peu plus tôt. Puis ses pensées se chevauchèrent, et l'intuition qu'il avait eue à la villa sembla prendre corps. Il se leva et se dirigea vers la porte d'entrée.

« Je te dois un service », lança-t-il au barman, qui ne comprit pas.

Il quitta le bar, les tempes douloureuses. C'était la cuite, et il lui fallait maintenant la cuver.

Il rejoignit sa voiture en vacillant et évita de justesse un camion.

Il se réveilla le lendemain à 7 heures. Le soleil était encore bas dans le ciel, le moteur d'un hors-bord retentissait sur le lac.

Il se traîna à la salle de bains. Un haut-le-cœur le figea entre le lavabo et la douche. Il ouvrit le tiroir à pharmacie, y puisa la première plaquette d'antalgiques qui lui tomba sous la main et avala trois cachets avec une gorgée de collutoire. Puis il s'habilla en pestant et fut aussitôt dans la rue.

Les trucs importants sont toujours cachés.

Ça l'avait frappé au début, puis il y avait réfléchi. Quelque chose clochait dans la géométrie du bâtiment. La clé du mystère devait être dissimulée à l'intérieur de la tour, à mi-chemin entre la fenêtre et les échelons de fer qui grimpaient jusqu'au sommet. Dans ce plafond que le Sri Lankais avait fixé nerveusement.

Il glissa un CD dans le lecteur, et la trompette de Chet Baker jaillit des enceintes. La transpiration lui brûlait les yeux, il alluma une Rothmans. Le premier appel lui parvint à 8 heures précises.

« Tu es déjà saoul ?

— Je suis dans la rue », répondit-il.

C'était son chef.

« J'ai parlé au préfet de police. Pour une raison que j'ignore, ils sont sur cette affaire comme les dents d'un pitbull sur le cul d'un pauvre type. C'est sans doute à cause de la femme… Elle avait épousé un homme influent.

— Je le sais.

— Vous travaillerez donc ensemble. Dis à Tagliamonte de te mettre au courant, il a déjà convoqué deux témoins. »

Denis soupira et faillit renverser un Nègre qui traversait la rue à toute allure.

« Négatif. Tagliamonte est un connard.

— Vous êtes deux. Et je veux cette affaire, ici on n'est pas aux États-Unis. Ici on tue une femme tous les dix ans. Alors, si la seule façon d'être sur l'affaire consiste à collaborer, on collabore, répliqua Lettieri.

— Comme tu veux. Tu rentres quand ?

— Tu le sauras en temps voulu. »

Denis n'eut pas la possibilité d'ajouter quoi que ce soit, car son chef raccrocha. Il fallait qu'il se dépêche. Travailler avec ces enfoirés était une sacrée arnaque.

Il sortit son gyrophare et actionna la sirène à plein volume en se dirigeant vers la voie express.

De là-haut, Naples avait l'air d'une pute. Le Vésuve lui tenait lieu de seins, et le golfe d'une bouche prête à engloutir les ambitions et à recracher de l'argent.

Il arriva à 9 heures et demie au portail, qu'il trouva fermé. Ni le Sri Lankais ni ses collègues ne l'avaient apparemment franchi.

Tout en jurant, il escalada le mur d'enceinte et sauta de l'autre côté, avant de reprendre son souffle à l'ombre de la tour. Cette villa l'énervait. Il pensait aux individus qui y étaient passés, aux soirées, au fric bu et vomi dans la piscine. Ester Fornario… Il se demanda si elle s'amusait. Si son cerveau fracassé conservait encore les souvenirs d'une belle vie qui n'était plus que silence et mensonges.

Car quelqu'un *l'avait* tuée. Et Denis avait retrouvé en un éclair l'instinct du chasseur : il était doué, dans le temps. Avant la dégueulasserie et les conneries, avant le fric et les transaminases qui faisaient exploser les analyses médicales.

Il sécha sa sueur et grimpa les échelons. Tout autour, les mouettes criaient comme des chiens errants. Une fois sur le toit, il fut tenté de tout abandonner : la vue offrait un panorama de mer déchaînée, mais l'espace à disposition était si réduit qu'il ne pouvait même pas avancer les pieds. Des feuilles bouchaient le canal d'écoulement, le goudron semblait sur le point de fondre. Il y avait toujours ces quatre maudits mètres entre le dernier échelon et la fenêtre.

Denis enjamba un créneau et redescendit, puis il contourna la tour et pénétra une nouvelle fois dans l'édifice. Au salon, il attrapa une des bouteilles et gagna l'atelier de la femme. Il but une longue gorgée, monta sur une chaise et se prépara à travailler correctement.

Il frappa contre le plafond, tapa sur les montants et inspecta la moindre portion de crépi. Soudain, il abattit sa paume contre son front, comprenant qu'il avait négligé l'évidence : le gros panneau d'aération au centre du plafond. Son intuition se confirma brusquement. C'était ce point-là que Roshan fixait du regard. Il glissa les ongles dans le grillage métallique et tira violemment. Il faillit se briser le crâne : le panneau s'abaissa et, avec lui, une petite échelle escamotable en aluminium. Pour sûr, les couillons de la Scientifique n'y avaient pas pensé.

Il but une autre gorgée, puis se suspendit à un barreau et commença à se hisser vers *les trucs importants*.

4

C'était une sorte de débarras, une soupente aveugle mais dotée de tous les instruments de plaisir possibles et imaginables. Caméra vidéo, écran à plasma, cartes mémoire, une collection bariolée de vibromasseurs en rang sur une étagère, une malle remplie de vêtements fétichistes et de chaînes, un costume de loup-garou, quelques fouets et même un flacon de poppers. Un baisodrome. Comme il l'avait prévu. Ester Fornario ne se privait de rien.

Denis s'assit et passa la langue sur ses dents. Les choses commençaient à prendre un pli étrange. Il vérifia plusieurs fois tout ce qui était disséminé dans la pièce, puis alluma l'écran et s'affaira autour de la caméra vidéo. Il ne s'y entendait guère dans ce domaine, mais il se rendit compte qu'un seul film était mémorisé sur la carte.

Il appuya sur la touche de lecture et découvrit un plan qui le troubla. On voyait un type au visage masqué par une cagoule, qui se masturbait avec une lenteur obsédante à la fenêtre d'un immeuble : un spectacle pour dépravés de bas étage, tourné par un individu qui ignorait tout de la mise en scène. Aucun mouvement de caméra, aucun signe particulier. Si ce n'est que l'immeuble lui était familier.

Denis jeta un coup d'œil aux autres cartes mémoire, empilées sur une table basse, et visionna leur contenu. Elles étaient blanches, à l'exception de la dernière, noire. Mais elles étaient toutes vierges. Il les glissa dans sa poche, quitta la soupente, referma le panneau et redescendit jusqu'à la baie vitrée, devant laquelle se trouvait la seconde bizarrerie repérée la veille : le télescope. Il ne servait pas à examiner le ciel pour la bonne raison qu'il n'y avait pas un seul bout de ciel visible. Il était pointé vers l'immeuble d'en face. Le *même* immeuble et la *même* fenêtre que sur la vidéo.

Un fil mystérieux, un lien obscène semblait rattacher la villa d'Ester Fornario à l'autre bâtiment.

Intrigué, Denis dévissa le couvercle de l'oculaire, posa la paupière sur la lentille et essaya de mettre au point en veillant à ne pas modifier la direction de l'appareil. L'image prit forme, lui offrant plus qu'il ne l'espérait. Derrière la fenêtre, derrière les rideaux qui le protégeaient du soleil, un homme l'épiait. Le *même* homme. Et il l'attendait peut-être.

Remarquant sa présence, l'inconnu referma le rideau, puis se hâta de baisser le volet roulant. Denis sursauta et tomba à la renverse, entraînant dans sa chute le télescope, dont le trépied se cassa en deux. Il se releva, se précipita à l'extérieur et courut à sa voiture. Il roula comme un fou le long des virages serrés qui grimpaient jusqu'à la via Petrarca, puis brandit sa carte de policier au nez du concierge et l'obligea à monter en voiture, avant de parcourir avec lui le tronçon de voie privée. L'immeuble était situé à vol d'oiseau à un peu plus de cent mètres de la villa d'Ester Fornario.

« Qui habite là-haut ? demanda-t-il en indiquant l'appartement, même s'il craignait de connaître la réponse.

— Personne. Ce n'est pas loué depuis des années.

— Tu as les clés ? »

Le concierge acquiesça et l'accompagna à l'étage.

Il régnait à l'intérieur une odeur de renfermé, presque de moisi. Mais on distinguait sur le sol poussiéreux des empreintes assez fraîches. Le fils de pute venait juste de partir.

« Tu as vu quelqu'un sortir d'ici ?

— Je vous l'ai dit : ce n'est pas loué depuis des années.

— Qui est le propriétaire ?

— Une coopérative d'architectes. J'ai le numéro dans ma loge, si vous le voulez. »

Denis soupira. Il enjoignit à l'homme de le laisser seul, puis balaya les lieux du regard à la recherche d'un indice : de quoi lui donner ne serait-ce qu'un petit avantage. Mais il n'y avait rien. L'appartement, deux pièces exiguës et une salle de bains, était nu, et ses fenêtres, dont celle de la vidéo, étaient hermétiquement fermées. Il n'y avait même pas d'eau dans la cuvette des cabinets. Seul élément insolite, le miroir, propre et immaculé, comme si on l'avait récemment posé. À quoi avait joué Ester Fornario ? À quoi jouait-elle dans l'au-delà ?

Denis tira sa flasque de sa poche et but une longue gorgée. Puis, résigné, il prit son portable et appela le commissariat central.

« Ici Carbone. Passez-moi Tagliamonte. »

« Comment as-tu découvert la trappe ?

— Je connais mon travail.

— Tu as été rapide… Le Sri Lankais nous a révélé son existence il y a moins d'une heure. »

Tagliamonte mordilla le bout de son cigare et lissa son menton pelé. Ils s'étaient retrouvés dans un bar du viale Virgilio, tout près du commissariat. En contrebas, le libeccio projetait une canicule sale, mauvaise, sur les ruines d'Italsider[1].

« Comment as-tu eu l'idée d'aller contrôler l'immeuble d'en face ?

— Je te l'ai dit, répondit Denis avec un soupir. Le type de la vidéo me regardait, à la fenêtre. Puis il a filé.

— C'est tout ? Tu es sûr ?

— Oui. »

Tagliamonte parut vexé. Il avait un compte en suspens avec Denis. Pas seulement à cause de ce qui s'était passé quelques années plus tôt. Ni de leur écart d'âge, par ailleurs abyssal. Tagliamonte avait été puissant au sein de la police nationale. Il avait coffré de méchants policiers, il s'était acquis la réputation de terreur des flics corrompus. Il s'était lié d'amitié avec des hommes politiques, il s'était fait un nom. Mais il lui manquait une chose pour être un policier à part entière, il le savait : il lui manquait l'instinct, la soif, l'envie de mordre que Denis Carbone possédait. Certes, il lui arrivait de mordre, mais c'étaient des morsures de serpent. Denis, lui, mordait comme un chien enragé.

1. Il s'agit de l'aciérie de Naples-Bagnoli, fermée à la fin des années quatre-vingt avec la liquidation du grand groupe sidérurgique Italsider.

« Les gars de la Scientifique sont déjà sur place : nous relevons les empreintes, les traces organiques, aussi bien dans la villa que dans l'appartement. Puis nous les comparerons et verrons ce que ça donnera.

— Et la famille de la défunte ? »

Tagliamonte hésita. « Il y a bien son père… mais il est vieux.

— Je voudrais quand même lui parler. »

La serveuse vint ramasser les tasses. Tagliamonte tira de son sac un dossier qu'il poussa sur la table vers Denis. C'était le compte rendu des premiers relevés, des témoignages et du rapport médico-légal.

« Tout est là. Si tu veux passer à la morgue, le médecin commence à 3 heures. »

Denis branla du chef, tandis qu'une rafale d'air mortifère traversait l'avenue.

« Une dernière chose, déclara Tagliamonte en se levant. Le préfet de police a dit que tu avais bien travaillé. »

Denis lui adressa un sourire faux et le regarda partir. Une fois seul, il appela la serveuse, commanda un croque-monsieur et un Macallan sans glaçons. Puis il glissa une main dans sa poche et, à travers une serviette en papier, tâta les cartes mémoire qu'il avait escamotées. À la première gorgée, une douleur le frappa au creux de l'estomac, et il faillit tomber de sa chaise.

Ce n'était pas seulement la peur.

Ester Fornario avait eu quarante-deux ans une semaine avant de mourir. Elle n'avait jamais travaillé de toute son existence. Elle avait été arrêtée une fois en 1995 pour vol, mais il s'était agi d'une fausse accusation de la part d'un amant jaloux. Elle avait eu de nombreux hommes : elle avait épousé le dernier important en 2004, et le ménage avait marché pendant près de quatre ans. Puis son mari, un entrepreneur du bâtiment qui avait construit des immeubles dans une bonne partie de Naples, l'avait quittée pour une Dominicaine de dix-huit ans, avant de mourir rapidement de chagrin. Ester avait gardé la villa, une pension alimentaire mensuelle et un père abandonné dans une maison du côté de Mondragone.

De son feutre, Denis tapota la feuille, avant d'entourer d'un cercle rouge l'adresse de l'homme. Le Sri Lankais lui avait raconté plus ou moins la même chose, mais il valait la peine d'arpenter toutes les pistes.

Il referma le dossier et jeta le tout sur le siège de sa voiture, puis mordit une dernière fois dans le croque-monsieur avant de le laisser rouler dans une bouche d'égout. Les crampes avaient desserré leur étau, lui laissant une vague sensation de nausée, qui semblait s'insinuer jusque dans son esprit et pénétrer ses pensées : qu'est-ce que la femme cachait encore, avec ses nuits d'amitiés malsaines ? Pourquoi en était-elle arrivée là ? Et vers qui avait-elle tourné ses dernières pensées, juste avant de toucher le sol, avant de se fracasser sur les pavés ?

Pour une raison qu'il ne parvenait pas à formuler, Denis comprenait que cette enquête le conduisait vers une chose à laquelle il avait déjà goûté. À une époque lointaine, où parier était une façon comme une autre de rester en vie.

Il ne guérirait qu'en *apprenant la vérité* : avec la vérité seulement, il se libérerait.

5

Le vieillard était assis sur un banc en bois, près de la mer boueuse. On avait creusé là une sorte de canal artificiel pour amarrer des bateaux, lequel s'était rempli au fil du temps de déchets, d'ordures et de plastique. Torse nu, il haletait, certainement à cause d'une complication pulmonaire jamais soignée. Sa maison, une ruine, semblait tout droit sortie d'un film plutôt que de l'esprit d'un géomètre, ou ne serait-ce que d'un ouvrier en bâtiment. Des deux côtés, quelques palmiers secs s'efforçaient de faire de l'ombre.

« C'est vous, Enzo Fornario ? »

Sans même tourner la tête, l'homme cracha dans l'eau du canal, puis se remit à fixer les tiges de bambous qui délimitaient sa propriété.

« Ça dépend.

— Je suis l'inspecteur Denis Carbone. Je viens vous informer…

— J'ai déjà appris pour Ester. »

Il avait l'air agacé, comme s'il perdait son temps dans une activité inutile. Devant eux, la mer évoquait un cloaque. On entendait les voitures filer au loin, peut-être pour s'éloigner d'Ischitella et de la côte.

« Je suis désolé pour votre fille.

— Pas moi. Je la connaissais à peine. Du moins, dans la mesure où les pères devraient connaître leurs enfants. »

Denis s'approcha et indiqua le banc. Le vieillard demeurant immobile, il s'assit.

« Elle a été tuée, monsieur Fornario.

— À ce qui paraît.

— Vous avez une idée ? »

L'homme grimaça, comme s'il essayait de libérer ses gencives d'un reste de nourriture. Denis s'énerva. Il émanait de ce buste sombre et de ce visage creusé par la fatigue quelque chose de mauvais. Sous le masque du vieillard épuisé, il flaira de l'indifférence, ou peut-être de l'intolérance à l'égard de la mort.

« Comment gagnez-vous votre vie ? interrogea-t-il.

— Comme tout le monde. N'importe comment. Il y a encore des touristes assez couillons pour louer un bateau quand il fait chaud. Ma fille ne connaissait même pas la couleur du travail. »

Oui, quelque chose bougeait. Il ne s'était pas trompé.

« Et de quelle couleur est-il ?

— Bleu foncé, comme les emmerdes. Comme ces trucs chimiques qu'on vient déverser là-bas, la nuit. Autrefois, il y avait ici des villages de vacances, des bateaux de pêche et des enfants qui se baignaient. Maintenant, il n'y a plus que des mouettes. Et tu sais de quelle couleur sont les ailes des mouettes ? Elles sont bleu foncé, comme les emmerdes. »

Denis tira une Rothmans de son paquet et la lui tendit. Le vieillard le laissa l'allumer et esquissa un sourire. Il n'avait pas de dents.

« Je veux trouver qui l'a tuée.

— Je ne peux pas t'aider. Ester a quitté la maison à l'âge de seize ans. Je l'ai revue pour la dernière fois l'année dernière. Elle est venue avec un type qui avait une gorge épouvantable, j'aurais dû comprendre que quelque chose clochait… Ils étaient ivres, ils ont emporté deux mille euros en espèces et même mon fusil de chasse. Putain. Je veux bien croire que ça s'est mal terminé.

— Qui était cet homme ?

— Un type qu'on ne peut pas oublier », répondit Fornario en se signant.

Denis comprit qu'il en resterait là.

Ils contemplèrent les ordures qui flottaient dans le canal. La chaleur était poisseuse. Le soleil brillait haut dans le ciel, on aurait dit qu'il était coincé dans un mécanisme.

Pausilippe n'était pas en apparence un endroit fait pour travailler. Avant, Denis ne le fréquentait que pour se saouler dans les bars avec vue sur le golfe, et il lui arrivait d'oublier, ou presque, comment il en avait été réduit à servir d'esclave au commissariat.

Vous entrez dans la police parce que vous vous croyez doué, ou parce que vous obéissez à une obsession ensevelie dans votre esprit. Puis vous constatez que les gens auxquels vous sauvez la vie ne vous remercient même pas et que ceux que vous coffrez gagnent cent fois, mille fois plus que vous. Alors l'argent s'empare de votre âme, il la dévore, et vous commencez à réfléchir comme un banquier ou un footballeur – sans en avoir le talent.

Le risque de tomber avait été fort pour Denis, mais l'élan permettant de remonter aussi. Quartier industriel de Bagnoli, taux de cancer élevé, père ouvrier et mère schizophrène : lui, il était né au fond, il pouvait donc accepter de le toucher deux fois.

« Le chef est là ? »

Le silence régnait dans le commissariat. Tout y était identique, tout y était immobile, à l'exception des climatiseurs à peine installés.

« Il est sorti, mais il t'a laissé ça », dit Teresa.

Elle arborait la même jupe que la veille et affichait l'air exténué de toujours. Denis ne l'avait pas encouragée depuis *ce jour-là*. Mais c'était l'été, il faisait chaud, on portait des vêtements plus légers. Et la nuit était trop fragile pour les regrets.

« C'est quoi ? » demanda-t-il. Puis il saisit l'enveloppe et la déchira avec les dents. Elle contenait un mot.

SI TU DOIS ME PARLER
UTILISE UN TÉLÉPHONE PUBLIC.
JE T'EXPLIQUERAI.

Un numéro de portable était inscrit derrière. Cela éveilla sa curiosité. Il ne comprenait pas, mais il sentait des vibrations. Comme les rails, trente secondes avant l'arrivée du wagon.

« Où vas-tu maintenant ?

— À l'hôpital. Voir le médecin légiste. »

Le docteur Mort était un beau garçon de trente-cinq ans.

Il aimait les hommes, et les flics ne lésinaient pas sur les flèches concernant la dotation des cadavres.

Ces vieilles blagues de caserne laissaient Denis de marbre, mais, le jour où un inspecteur de la Digos avait traité le médecin de « tringle-cadavres », il s'était énervé. Il avait projeté l'inspecteur contre le mur et frappé avec un instrument servant à écarter les côtes, ce qui lui avait valu, à lui, une suspension de sept jours, mais à l'autre un arrêt-maladie de dix.

« Doc, donne-moi un coup de main », dit-il en entrant dans la salle.

Elle était plus froide qu'un centre commercial, un vrai plaisir. Toutefois l'odeur de désinfectant et de formol lui souleva le cœur.

« Tu n'as plus l'estomac solide, Carbone.

— C'est la faute aux transaminases.

— Alors va te faire examiner à l'étage.

— Arrête. Parle-moi d'elle. »

Ester avait l'air d'une fillette. Ses cheveux blonds avaient disparu : les coutures sur son crâne fendu avaient été semées avec habileté, presque avec amour. Denis se demandait toujours en vertu de quelle contraction de l'âme un homme pouvait en venir à travailler avec les morts au point de les aimer, ou presque.

« Sa mort est due au choc contre le sol, sa tête s'est brisée en provoquant un écoulement de matière cérébrale. Mais c'est le traumatisme du foie qui lui a fait perdre des litres et des litres de sang.

— Ce n'est donc pas le choc qui l'a tuée.

— Si, ou plutôt non. Putain, Carbone… C'est le choc qui l'a tuée, mais pas sur le coup. Cela a dû prendre vingt minutes. Mais il y a plus intéressant.

— Explique-toi.

— Ecchymoses et excoriations. Au cou et aux poignets », déclara le médecin, satisfait.

Un bruit métallique retentit dans la tête de Denis. Comme un souvenir de son escalade du mur d'enceinte de la villa.

« Incompatible avec la chute ?

— Exact. Regarde, dit-il en palpant le cou du cadavre d'une manière qui agaça Denis, ce sont des signes de doigts, comme si quelqu'un…

— … s'était livré à un jeu érotique, en l'étranglant ou en lui attachant les poignets. »

Le médecin opina du bonnet. C'est alors qu'un assistant pénétra dans la salle d'autopsie et s'assit au microscope.

« Tu peux dire à quand remontent ces signes ?

— Non. Mais les excoriations sont fraîches. Elles datent de deux ou trois jours avant la mort. »

Denis s'empara de sa flasque et avala une gorgée. Il n'avait pas à se cacher devant le médecin, en vertu de leur alliance. Il lui tendit ensuite le whisky et le regarda boire. Puis il contracta l'estomac dans une tentative d'atténuer les élancements sous le sternum.

« Merci, doc, balbutia-t-il.

— Fais examiner ton foie », répliqua l'autre avec un geste sensuel qui, pour la première fois, allait au-delà de l'amitié.

Le ventre en feu, Denis s'arrêta à une supérette, où il acheta une brique de lait dont il engloutit le contenu. Puis, défait et humilié, il retourna au commissariat, toutes sirènes hurlantes.

Tagliamonte le contacta à deux reprises pour lui fournir de nouvelles informations sans grande importance : on n'avait pas relevé d'autres empreintes que celles d'Ester Fornario dans le baisodrome de la tour. Rien d'utile. En revanche, on travaillait encore à l'appartement d'en face. Un nouvel interrogatoire serré du Sri Lankais n'avait rien donné. Les connaissances ou les voisins de la défunte l'avaient, semble-t-il, vue deux mois plus tôt, pas après. C'était une femme seule, incroyablement seule. Et la solitude est souvent un prélude inévitable à la mort.

S'efforçant de chasser cette pensée, Denis s'enferma dans son bureau. Il ôta sa veste, essuya ses aisselles avec des Kleenex et tira de sa poche les cartes mémoire en veillant à ne pas poser les doigts dessus. Il puisa dans un tiroir le kit destiné aux empreintes digitales et enfila des gants en latex. Après quoi, il éparpilla les cartes mémoire et les examina l'une après l'autre à la loupe : l'étiquette sur le devant était un bon endroit où laisser des traces, y compris involontaires.

Il s'activa à l'aide de la poudre blanche et du pinceau. Les deux premières cartes paraissaient immaculées. La troisième portait une marque de doigt, mais les sillons se chevauchaient ou étaient effacés, ce qui les rendait irrécupérables.

Il eut plus de chance avec la dernière, la noire : l'empreinte d'un pouce se détachait sur l'étiquette et en partie sur le cuivre des contacts. Essayant de maîtriser son souffle et sa transpiration, Denis détacha un bout de ruban adhésif et l'appliqua sur la partie saupoudrée, avant de le coller sur un petit carton de couleur. Il chercha ensuite dans le dossier les empreintes de la femme et compara. Il lui fallut plus de quarante minutes : il manquait d'entraînement. Deux détails semblaient superposables, mais une seconde vérification révéla que les distances ne correspondaient pas. Impossible : qui que ce fût, ce n'était pas Ester Fornario qui avait touché ces cartes. Ce qui aurait dû être, en théorie, une bonne nouvelle.

Denis contempla les fiches cartonnées quelques instants, imaginant bêtement qu'il pourrait déterminer si l'empreinte appartenait à un homme ou à une femme. Puis il songea qu'il avait fait du bon travail et se vautra sur son siège. Il lui fallait encore chercher des échantillons pour établir des comparaisons et découvrir le contenu des cartes mémoire. Mais il avait le temps. Et il disposait d'un avantage sur les autres. Il se dit qu'il n'en parlerait à personne, encore moins à son chef, pour le moment.

Puis il décréta qu'il était l'heure de s'octroyer une petite récompense.

6

Le Copacabana avait été récemment rénové. Ses murs d'un blanc passé et ses volets dignes d'un resto-route de dernière catégorie l'enlaidissaient encore plus l'après-midi. Mais Denis était hypnotisé par la vue qu'on y avait sur le lac : malgré les arbres malades, les bâtiments brûlés, les bouteilles, les préservatifs et les toxicos en rang d'oignons sur les trottoirs, comme des ouvriers, elle surpassait celle qu'on en avait de chez lui.

« C'était quoi, le service que tu me devais ? interrogea le barman.

— Je ne m'en souviens plus… », répondit Denis en posant un billet de cinquante euros sur le comptoir.

Ce qui signifiait dans son langage : je boirai jusqu'à la fermeture. Ou jusqu'à ce que tu me chasses.

Le barman lui versa une Dab pression, puis s'empara d'une bouteille de Macallan et d'un verre, qu'il poussa vers lui.

Denis avait avalé une poignée de Maalox une demi-heure plus tôt afin d'apaiser ses brûlures d'estomac. Les clients entraient et sortaient sans paraître le reconnaître. L'ivresse l'envahit lentement, comme une fièvre, et à 9 heures du soir seulement il s'aperçut qu'il avait bu la moitié de la bouteille. C'était une sensation insolite, une sorte de gaieté, qui chassa de son esprit jusqu'au visage rapiécé de la femme à la morgue.

Il sortit en titubant, assommé au point de feindre l'indifférence face aux deux hommes qui le filaient depuis l'après-midi, surveillant apparemment ses mouvements.

Cette fois, il gara sa voiture plus près, à trente mètres de distance. Les lumières lui blessaient les pupilles. Il voyait double, et les images floues échappaient à son regard, tels des êtres en mouvement. Il savait que Laura rentrerait tard. On était jeudi, et le jeudi elle s'octroyait toujours une séance de Pilates avant de boire un verre avec ses amies.

Un jour, il l'avait suivie à l'intérieur du bar, mais elle s'était assise près de la porte, et il avait dû s'enfermer une heure dans les toilettes pour éviter d'être démasqué.

Ils s'étaient rencontrés quinze ans plus tôt, à l'inauguration d'une librairie de Chiaia. Il enquêtait alors sur un type qu'il soupçonnait d'avoir commis un tas de meurtres et il avait décidé de définir son profil psychologique à l'aide d'un manuel de criminologie.

Laura se tenait près des rayons, en chaussures de tennis, l'air snob. Elle feuilletait des livres d'art afin de s'en inspirer : elle venait d'ouvrir une petite boutique de tatouage. Denis l'avait soigneusement évitée, or elle l'avait assailli, poussée par une amie. « Il est mignon, ce type », les avait-il entendues murmurer. Quand elle lui avait demandé son numéro de téléphone, il ignorait dans quel pétrin il se fourrerait bien des années plus tard.

Ils avaient baisé le soir même, la première fois avec nervosité, la quatrième en proie à la peur de se perdre. Des mois de splendeur avaient alors commencé, elle aimant tout expérimenter, lui s'efforçant d'être à la hauteur, de lui donner toujours plus. Puis, un jour, un de ses collègues lui avait dit : « Je connais un moyen de gagner trente mille euros proprement. »

Ç'avait été le début de la fin.

« Merde », murmura-t-il en y repensant. Il but une gorgée et mouilla sa chemise.

Occupé à se sécher avec des mouchoirs en papier, tâche impossible compte tenu de son état, il ne remarqua pas la Punto verte qui s'était coulée dans l'allée latérale et arrêtée devant la porte d'entrée. Laura en sortit. Elle s'apprêtait à refermer sa portière lorsqu'elle avisa le type qui, dans l'habitacle éclairé de sa voiture, s'affairait autour de sa chemise, armé d'une bouteille de whisky à moitié vide. Un instant, elle demeura immobile, comme incrédule. Puis elle parut avoir une intuition, une sorte d'illumination. Elle lâcha son sac et se dirigea vers lui.

Denis ne la vit pas surgir. Il ne la vit pas non plus taper sur la vitre.

Il plaça une main devant son visage en guise de protection et porta l'autre, d'instinct, à son pistolet.

« Tu te fourres dans les emmerdes. Et tu m'y fourres moi aussi ! »

Il était choqué. Il n'avait pas vu Laura d'aussi près depuis des années. Des siècles. Des éons.

« Arrête de venir ici, de voler mon courrier. Ça fait

une éternité que c'est fini entre nous : j'ai un mari et une vie, Denis !

— Ce n'est pas un mari. C'est juste un connard, un flic de merde…

— Et un homme qui peut te briser en deux, si tu n'arrêtes pas de nous harceler. »

Denis attrapa la bouteille et la porta à ses lèvres. C'était trop tard, et désormais peu lui importait de boire ouvertement. Un instant, il se rappela la Laura d'autrefois, les nuits du lundi, quand ils quittaient, elle son bureau et lui le commissariat, que la ville s'offrait à eux. Il entendit sa voix trembler, hésita encore un instant, puis ferma les yeux pour rassembler son courage.

« Tu es heureuse, au moins ? »

Mais, lorsqu'il les rouvrit, Laura était déjà partie. Elle lui adressa de loin un geste de mépris, qu'il voulut interpréter autrement, s'agrippant à un espoir dicté par l'alcool.

Autour de lui, il n'y avait que l'obscurité, une odeur de brûlé et le ruissellement de l'eau sale du lac Patria.

2 heures du matin.

Une heure indécente pour se présenter, la seule toutefois lui permettant de brandir son ivresse parfaite comme justification.

Fuorigrotta dormait derrière le stade San Paolo, telle une tranchée dans l'attente du prochain assaut. Creusé dans la colline, c'était un quartier de frontière entre le Naples riche et celui qui avait du mal à survivre : l'endroit idéal pour se cacher ou passer inaperçu.

Denis tâta de mémoire les touches de l'interphone et pressa la sienne plusieurs fois.

« Qui est là ? demanda une voix pâteuse, ensommeillée.

— Moi… ouvre. »

Le déclic de la serrure retentit et il se traîna jusqu'à la porte d'entrée. Teresa lui ouvrit, vêtue d'une robe de chambre qui lui donnait l'air vieux.

« Qu'est-ce que tu veux à une heure pareille ? »

Il s'approcha d'elle en essayant de retenir son souffle. Mais sa sueur aussi sentait le whisky. Il lui caressa les cheveux et lui mordilla le cou. Elle lui opposa sa résistance habituelle, puis céda lorsqu'il la projeta sur le canapé.

« Cette jupe que tu portais aujourd'hui…

— Quoi ?

— Ce n'est pas une jupe de… secrétaire.

— Mais pas de putain, non plus », répliqua-t-elle, vexée.

Denis ôta sa veste et jeta son pistolet sur la table.

« Ce n'est pas ce que je voulais dire. »

Teresa soupira. S'il n'avait pas été aussi saoul, elle aurait remarqué ses yeux cerclés de chagrin et peut-être d'angoisse. Une angoisse identique à celle qui régnait dans l'appartement, emprisonnant tout, de la pendule au milieu du mur jusqu'aux bibliothèques Ikea bourrées de comédies romantiques dans cette cuisine où elle ne préparait des repas que pour elle. Elle avait déjà essayé de lui faire comprendre ce qu'elle éprouvait, *ce jour-là*. Mais Denis ne comprenait pas, ou ne voulait pas écouter.

D'ailleurs, cela n'avait rien d'étonnant. Teresa avait connu de nombreux flics, elle avait même failli en épouser un. Ils poursuivaient tous leurs propres fantômes, ils s'accrochaient tous au commissariat, comme si la mort les traquait.

« Je disais juste que tu as l'air changée », poursuivit-il.

Teresa laissa glisser sa robe de chambre, puis détacha la ceinture de Denis avec rage, comme si elle avait l'intention d'en finir une fois pour toutes.

7

Il s'enferma dans la salle de bains et ouvrit le jet d'eau au maximum. Puis il vomit. Tout juste réveillé, l'esprit embrumé par le mal de tête, il avait embrassé Teresa et s'était octroyé une seconde baise, rapide et ratée.

Il l'entendit crier au loin : « J'ai déplacé les serviettes. Elles sont rangées plus bas ! »

Il grogna, ouvrit le tiroir et y trouva une plaquette d'ibuprofène contenant deux cachets qu'il avala avec de longues gorgées d'eau. Il pressa le tube de dentifrice et étala de la pâte sur sa langue pour essayer d'atténuer le goût aigre qu'il avait dans la bouche.

« Qu'est-ce qui est arrivé au chef ? demanda-t-il à Teresa en pénétrant dans la cuisine.

— Tu devrais le savoir. C'est à toi qu'il parle en code. »

Denis sourit. Il attrapa la tasse de café, qu'il sucra exagérément. Teresa était déjà habillée : de dos, en tenue de bureau, elle paraissait de nouveau transformée, comme la créature d'un récit épique. Bien qu'il fût tenté de lui caresser les hanches, sa main ne s'éloigna pas de la tasse. Teresa était jolie, mais pas vraiment belle. Il lui manquait quelque chose.

Ou c'était peut-être à lui qu'il manquait quelque chose.

« Ce matin je ne passerai pas au commissariat, annonça-t-il.

— Le chef se mettra en rogne.

— Il est toujours en rogne, répliqua-t-il avec un rire forcé.

— Les journaux disent que, si vous ne les avez pas encore trouvés, vous ne les trouverez jamais. Je parle des assassins de la femme.

— Les journaux disent un tas de conneries. »

Il se leva et rangea son pistolet dans son holster. Pendant qu'il cherchait une Rothmans dans sa poche, une idée lui traversa l'esprit.

« Comment tu t'en sors, avec les ordinateurs ? »

Teresa grimaça.

« Tu le sais très bien. Qu'est-ce que tu veux ?

— Un service. Qui risque de te fourrer dans le pétrin. Et qui doit rester entre nous : utilise l'ordinateur que tu as ici. »

Sur le feu, le lait déborda. Teresa éteignit aussitôt la plaque et se brûla en saisissant la poignée de la petite casserole.

« Je suis déjà dans le pétrin, avec toi.

— J'ai des cartes mémoire. Il faut que tu trouves tout ce qu'elles contiennent. »

Dans la rue, il se sentit un peu mieux.

Un peu.

Il chaussa ses lunettes de soleil, même si elles le faisaient transpirer, et glissa un CD de Don Cherry dans le lecteur. La musique se conformait aux arbres des champs Phlégréens, grands et moribonds.

Il songea que personne ne s'était manifesté : pas

d'appel téléphonique, pas de communication de mythomanes. La ville s'était éteinte en ces journées d'août qui se traînaient comme des caravanes dans le désert. Les journalistes avaient eux aussi cessé de lui casser les pieds : désormais ils contactaient directement le service de presse du commissariat.

Mais la piste des cartes mémoire était ouverte. Si les empreintes ne correspondaient pas à celles d'Ester Fornario, elles appartenaient certainement à un individu qui aimait se cacher. L'homme à la fenêtre peut-être. Ou le Sri Lankais. Il était temps que quelqu'un parle : il était temps de cuisiner les gens, pensa-t-il.

Vers 11 heures, il passa au commissariat central et s'entretint avec Tagliamonte. Ses hommes n'avaient découvert qu'une seule chose : des empreintes dans l'appartement poussiéreux de la via Petrarca, en particulier celle d'un pied encore mieux dessiné que s'il était enfoncé dans du béton à prise rapide. Une chaussure de sport Nike, pointure 49 : le pied d'un géant.

Denis ressortit, via Medina. Sa chemise avait changé de couleur sous l'effet de la transpiration. Il chercha quelques euros dans sa poche et acheta à un marchand ambulant un débardeur blanc. Puis il roula jusqu'à la via Marzano et se gara devant l'entrée de la villa.

Roshan remplissait des cartons.

La mort d'Ester Fornario avait entraîné un sacré bordel pour la succession. La femme n'ayant ni enfants ni frères ou sœurs, son héritage revenait entièrement à son père. Le vieillard ne voulait rien, mais il n'avait pas envie non plus que toute cette fortune aille à l'État. Les avocats s'étaient conduits comme des rapaces et, dans ce brassage d'intérêts,

Roshan n'avait compris qu'une seule chose : qu'il devait partir.

« Où tu vas crécher maintenant ? » interrogea Denis en entrant à la dérobée.

Le Sri Lankais sursauta. Il eut une sorte de frémissement en reconnaissant Denis.

« Chez frère.

— Ton permis de séjour sera périmé dans un mois.

— Alors moi trouver travail avant. »

Denis sourit. Ils étaient tous pareils : prêts à montrer les dents en cas de danger. Ignorant qu'elles étaient cariées.

« Arrête de faire le con, Roshan. Verse-moi un Macallan, puis on discutera. »

Le Sri Lankais fixa le bar roulant. Son côté servile finit par l'emporter : il obéit.

Denis sirota le whisky bruyamment. La villa était bourrée de meubles et de babioles : comment pouvait-on imaginer que quelques semaines suffiraient pour vider chaque pièce et permettre à qui de droit de s'enrichir ?

« J'ai lu les déclarations que tu as faites au commissariat central. Tu as dit que ta patronne n'avait vu personne depuis au moins quinze jours.

— Exact.

— Tu vivais ici jour et nuit, non ? »

Le Sri Lankais acquiesça, sans comprendre où Denis voulait en venir.

« Tu n'avais pas un jour de liberté, comme tout le monde ?

— Moi… dimanche. Et jeudi après-midi.

— Voilà. Dans ce cas, comment peux-tu savoir que ta patronne ne voyait personne quand tu étais absent, bordel ?

— Moi savoir parce que… elle toujours ivre. Et dort. »

Denis feignit de le croire. Ce connard mentait, comme lors de leur première rencontre, quand il lui avait indiqué malgré lui, d'un coup d'œil, l'existence de la mezzanine. Protégeait-il quelqu'un, ou essayait-il de dissimuler une bêtise ? Difficile de le savoir. Et puis les flics du commissariat central l'avaient déjà cuisiné. Il ne restait plus qu'à changer de stratégie.

« Cette maison est belle. Je veux dire, il y a là un tas d'objets de prix. Moi, j'ai meublé mon appartement pour neuf cents euros : un lit, des chiottes et une télé pour les matchs. Les hommes n'ont pas besoin d'autre chose, pas vrai ? lança-t-il avec un rire.

— Moi pas voir football.

— Je parlais du tennis… Mais les gens comme toi, qui gagnent peu d'argent et vivent parmi les riches, ont parfois des idées bizarres. Des idées qu'ils peuvent regretter ensuite. Imaginons que tu aies piqué une putain de pendule comme celle-ci, là-haut, et que tu l'aies vendue. Combien cela pourrait-il rapporter ? Deux, trois mille euros. Et imaginons que j'aille chez ton frère et que j'y trouve cette pendule de merde. Tu crois qu'on te renouvellerait ton permis de séjour ? »

Roshan chercha des yeux la pendule, puis jeta un regard circulaire comme s'il invoquait des secours. Il s'appuya contre la table et toucha d'une main tremblante un des verres qu'il avait lui-même empilés sur le plateau. Avec une lenteur étudiée, Denis dévissa le bouchon de la bouteille et lui versa deux doigts de whisky.

Le Sri Lankais avala le liquide goulûment.

« Toi… chantage », balbutia-t-il.

Denis éclata de rire. Son estomac commençant à le brûler, il desserra sa ceinture de deux trous.

« L'autre jour aussi, tu as essayé de me mentir. Qui est *l'homme* ? »

Roshan soupira.

Le bruit d'un bateau, de l'autre côté de Pausilippe, parvint à leurs oreilles, apporté par le vent.

« Tes collègues du commissariat central aussi chantage. Va faire foutre. Personne avec Madame. »

Denis abattit son verre sur la table, produisant un bruit qui résonna dans toute la pièce. Puis il se leva et secoua la tête en simulant du ressentiment.

L'imbécile avait mordu à l'hameçon.

Vers 9 heures du soir, une camionnette se présenta à la villa. À son bord, un autre Nègre, certainement le frère du Sri Lankais. Caché entre un arbre et le poteau électrique, Denis vit Roshan y charger les cartons en discutant avec agitation. Le domestique s'empara ensuite de son téléphone portable et composa un numéro. Il était nerveux.

Le véhicule parcourut un trajet bizarre à travers Pausilippe et descendit vers Soccavo, avant d'atteindre un immeuble à la limite de la Loggetta. C'était un quartier populaire, qui hébergeait surtout des ouvriers, des chômeurs et des désœuvrés ayant survécu à la fermeture des usines. Exclusivement des Napolitains. Pas de Sri Lankais.

Roshan descendit de la camionnette et salua son frère, qui s'éloigna avec les cartons. Il sonna à un interphone et on lui ouvrit aussitôt.

Il y avait au premier étage un appartement aux fenêtres éclairées. Au bout de trente secondes, la silhouette de Roshan apparut à l'une d'elles. Denis n'arrivait pas à distinguer son interlocuteur, mais les deux hommes avaient de toute évidence une discussion animée. L'inconnu faisait les cent pas dans la pièce. Puis il secoua les rideaux avec des gestes désordonnés. Une demi-heure et quatre cigarettes plus tard, le Sri Lankais sortit de l'immeuble et s'engagea dans la via Terracina, s'évanouissant en direction d'Agnano.

La nuit s'était effacée devant une obscurité insolite, que les phares des voitures semblaient combattre laborieusement. Néanmoins, la rue était bondée.

Denis descendit de voiture et nota le numéro du bâtiment sur son paquet de Rothmans. Il s'approcha ensuite de l'interphone et s'efforça d'identifier la touche que le Sri Lankais avait pressée. Il la découvrit rapidement. Il n'y avait là que quatre porte-noms.

Et il était écrit sur l'étiquette du dernier : CHIANESE – 1er ÉTAGE.

8

Il avait à présent assez d'atouts en poche pour organiser une première réunion avec son chef. Quelque chose clochait au commissariat central : il était, en effet, impossible que Tagliamonte fût assez stupide pour se laisser rouler par le Sri Lankais. Et, comme si cela ne suffisait pas, à 11 heures du soir la police scientifique n'avait pas identifié une seule empreinte dans l'appartement de la via Petrarca. Soit c'étaient des incapables, soit ils se foutaient de sa gueule. En tout cas, ils l'empêchaient de faire son boulot.

Obéissant aux ordres, il téléphona d'une cabine publique à Lettieri, lequel se hâta de le prévenir : « Pas de noms. Voyons-nous à l'endroit où je t'ai flanqué un coup de pied dans la gueule.

— Tu veux dire après que je t'avais dézingué d'un coup de coude et neutralisé ?

— Exactement », répondit son chef en riant.

L'épisode en question remontait à deux ans. Durant une enquête, ils avaient retrouvé deux suspects, tous deux sur le départ, l'un par mer, l'autre de l'aéroport Capodichino. Alors qu'ils s'interrogeaient sur la priorité à établir, la discussion avait dégénéré en bagarre. Le chef avait emporté la décision finale, mais perdu deux molaires. Denis, uniquement la fierté du flic bourré.

Tandis qu'il dévalait Bagnoli, pied au plancher, il remarqua une Alfa Romeo en feux de position qui le suivait. En un instant, il fouilla dans ses souvenirs alcoolisés de la veille au soir et se rappela que deux hommes l'avaient surveillé au Copacabana.

« Les fils de pute... », murmura-t-il, rageur.

Le vent s'était enfin levé, et l'immense conque de Fuorigrotta semblait vomir sa chaleur sur le bord de mer. La ville évoquait le vieux ranch d'un western, abandonné à son destin. Denis ne se prenait pas pour John Wayne. Mais, de toute évidence, les deux types étaient des Apaches qui voulaient son scalp.

Malgré deux feux rouges grillés, l'Alfa Romeo continua de lui coller au train et tenta même de le devancer à la hauteur des voies du métro. Naples était une immense ruelle, conçue tout exprès pour les embuscades. Et, à cette heure de la nuit, il n'y aurait pas de témoins. L'Alfa essaya de lui couper la route et de l'envoyer dans le décor, peut-être contre le mur, plus probablement sur les voies à la rencontre de la prochaine rame. En dépit de sa vitesse, Denis résista dans le virage. Puis sa main courut à son pistolet, qu'il pointa à l'extérieur au moment où il dépassait l'autre voiture.

« Qu'est-ce que vous dites de ça, espèce d'enfoirés ? » hurla-t-il.

Il aperçut dans l'habitacle deux visages identiques, dont il ne parvint pas à saisir les détails. L'Alfa Romeo pila, demeurant quinze mètres en arrière, phares éteints. Denis freina à son tour et, haletant, se prépara à tirer. Un laps de temps infini s'écoula. Maintenant la sueur lui piquait le cou. Puis le sifflement d'une rame débloqua la situation : les deux types firent marche arrière et disparurent dans les rues de Bagnoli.

Denis attrapa la bouteille dans la boîte à gants et faillit se noyer dedans.

Son chef l'attendait depuis une demi-heure à l'endroit habituel : la salle de paris du bord de mer, à Pozzuoli, près des bars et des terrains de basket. Des vieillards et des ivrognes paissaient entre les écrans et le trottoir, s'employant à miser leurs dernières pièces sur des chevaux, ou sur l'Open de Washington. Trois semaines les séparaient encore du championnat de football.

Le commissaire était nerveux : trop de coïncidences négatives s'accumulaient. Cela ne signifiait qu'une seule chose. Que Carbone était doublement con d'être en retard.

À 11 heures, alors que les bars, de l'autre côté de la rue, commençaient à se remplir, il fut tenté de lui envoyer un texto. Mais il eut la sagesse de résister. Denis pila devant lui moins de trente secondes plus tard.

« Laisse ton téléphone dans ta voiture ou débranche la batterie.

— Déjà fait, chef. »

Lettieri devina que quelque chose clochait : Denis était en nage et blanc comme un cadavre.

« On m'a retenu à Rome plus longtemps que prévu, et je dois y retourner demain. L'histoire de la commission d'enquête a été montée de toutes pièces et a pris une importance exagérée, il se peut qu'on en parle bientôt dans les journaux…

— Qu'est-ce que ça veut dire "de toutes pièces" ?

— Que ces connards veulent m'enculer. Officiellement, le type s'est défenestré de sa chambre hôtel. À l'époque, j'avais trouvé ça bizarre et tenté d'approfondir l'affaire, mais le ministre en personne m'avait fait comprendre qu'il valait mieux la classer. Tu t'en souviens, non ? »

Denis hocha la tête.

Il s'en souvenait très bien. Un carabinier à la retraite qu'on avait démasqué : membre des services secrets, il épiait l'Italie entière et avait des dossiers sur des dizaines d'hommes clés de chaque appareil de l'État. Cette histoire avait coûté son poste à Lettieri, à l'époque à la PJ. Les médias s'étaient emparés de l'affaire, et les chefs avaient décidé de tout étouffer pour éviter de déballer la merde politique : derrière un ministre qui prend son téléphone, il y a toujours des intérêts et des opérations non autorisées. Lettieri était un simple commissaire, il s'était démené pour qu'on ne saborde pas l'enquête, mais avait été obligé d'abandonner. On lui avait promis une promotion, qu'il avait obtenue d'une certaine façon : on l'avait nommé commissaire divisionnaire, tout en le mutant dans un commissariat de quartier pour l'écarter. Le même destin que Denis, en quelque sorte.

Maintenant, les hommes de Rome l'accusaient d'avoir voulu étouffer l'affaire. Lui, de *sa propre* initiative.

« Qu'est-ce qui te chiffonne, chef ?

— Je ne sais pas, c'est juste une sensation pour le moment… Mais, hier, après la première audience, un inconnu s'est approché. Il m'a dit que ces accusations d'incompétence sont absurdes et que, si je le souhaitais, il pouvait me donner un coup de main. Je croyais qu'il s'agissait d'un magistrat…

— Mais c'était un membre des Services. Qu'est-ce qu'il exige en échange ? »

Le bruit avait augmenté autour d'eux. Des jeunes quittaient leur Smart pour aller se saouler dans les bars et y trouver si possible la promesse d'une baise. Le centre de paris Eurobet aussi s'était rempli. Quelques centaines de mètres seulement séparaient ces lieux de Naples, et pourtant on aurait dit qu'ils étaient à des années-lumière de la ville : Pozzuoli était vivant. Pozzuoli était *la vie*.

« Il ne me l'a pas dit clairement. Je te le répète, c'est juste une sensation. Mais, à mon avis, il y a un rapport avec la femme qui est morte à Pausilippe. »

Pour la première fois, Lettieri parut humain. S'il n'avait rien d'un ami, il n'avait pas l'air non plus d'un supérieur. Il se fiait apparemment à l'intuition de Denis, un fumier alcoolisé, certes, mais plus tenace que la mer qui dévastait à présent la côte.

« Ils veulent qu'on abandonne l'enquête ? » interrogea Denis sur le ton, toutefois, de la constatation.

Le chef acquiesça distraitement en allumant une cigarette. Les choses prenaient un drôle de pli. Un mauvais pli. Denis flairait dans l'air, que la chaleur rendait étouffant, l'odeur de la guerre. Et pour mener une guerre, il faut une armée. C'est une règle d'engagement fondamentale.

« Je dois te dire un truc qui me déplaît à moi aussi, chef. Ou plutôt deux.

— Tu as fait une connerie ?

— Oui et non. Premièrement, deux types ont essayé de m'envoyer dans le décor tout à l'heure. Je ne sais pas qui ils étaient, putain, mais ils ressemblaient beaucoup à ton *ami* de Rome.

— Merde.

— Deuxièmement, j'ai une piste sur la femme. Mais je l'ai trouvée en trichant. »

Le commissaire lança sa cigarette encore allumée sur les rochers. Il avait beau être intègre, il n'était pas du genre à lâcher prise. Et, quand on lui cassait les couilles, il s'entêtait encore plus.

« Rien à foutre. C'est bon pour moi, mais il nous faut une couverture. Demain, on informera Tagliamonte.

— Voyons, chef… », protesta Denis.

D'un geste, Lettieri lui fit comprendre que toute objection était inutile. Il toucha son holster, avant que le vent ne les assourdisse.

« Garde les yeux bien ouverts. Et restons en contact. »

Ce soir-là, Denis ne but pas, et pourtant il se réveilla le lendemain matin avec le même mal de tête féroce. Malgré tout, il était en forme, comme si l'adrénaline de la nuit avait ouvert une brèche temporelle vers sa jeunesse.

Il nettoya son pistolet et le chargea. En sortant, il jeta un regard circulaire : personne. Il parcourut son pâté de maisons trois fois, puis effectua un trajet tortueux d'une quarantaine de minutes avant de se garer à quelques mètres du bureau du cadastre. Il y consulta les actes relatifs à l'appartement de Chianese, vérifia sur Internet et trouva également le site de l'agence où il travaillait : il était ingénieur en bâtiment. Il possédait deux autres appartements en ville, dont un dans les environs de la via Petrarca. Denis s'emballa. Bien sûr, il importait d'écarter les hypothèses trop évidentes et de viser bas, mais les choses semblaient prendre une bonne tournure.

Il procéda à d'autres vérifications, croisa des données, téléphona à l'Enel[1], à Telecom et, au moyen de quelques mensonges, parvint à la reconstruction suivante : Antonio Chianese avait quarante-deux ans, il était marié et père de deux enfants, il dépensait cinq cents euros par mois en appels, possédait trois lignes de téléphone portable et quatre voitures, dont une Lotus et une Mercedes. Il n'avait pas d'antécédents, et la seule amende dont il avait écopé, pour stationnement interdit, remontait à cinq ans.

Un citoyen riche et exemplaire. Une saloperie de millionnaire.

« Nous y voilà », pensa Denis tout fort en se précipitant vers le commissariat central.

La chasse au gros gibier avait commencé.

1. Équivalent italien de l'EDF (Électricité de France).

9

Il n'avait pas menti au chef : il lui avait juste révélé la *moitié* de la vérité. Le moment n'était pas aux scrupules. Lettieri avait la capacité de donner à quiconque, y compris à une merde, l'impression d'être une merde, et ça le rendait dingue. Il avait confiance en Teresa. Si elle découvrait des informations importantes dans les cartes mémoire, il les rapporterait au chef, il se le jura.

« Dis à Tagliamonte que j'arrive », jeta-t-il au flic, à l'entrée du commissariat central, sans lui laisser le temps de l'annoncer.

Tout en gravissant l'escalier, il repensa à l'époque où il était là chez lui. Les nuits de patrouille, les premières arrestations, les échanges de coups de feu. L'exaltation et la dépression. L'impossibilité d'avoir une vie privée. Seul un flic était capable de comprendre la vie des flics. Ça n'avait rien d'un film, c'était la vérité. Laura s'en était aperçue rapidement, avant même qu'il s'adonne aux paris et multiplie les cuites. Et pourtant, tout ce que Denis faisait à l'époque, il le faisait pour elle : si ses victoires étaient belles, c'était uniquement parce qu'il pouvait les lui raconter ensuite. Il était le héros d'une seule femme.

Un héros de pacotille, et pourtant cette pacotille lui suffisait presque.

À présent, il aurait échangé son foie contre un poste de gardien de la paix au commissariat central, et il y aurait gagné, songea-t-il en riant.

Le bureau de Tagliamonte se trouvait au cinquième étage, à côté de celui de la Digos. La fenêtre, qui donnait sur le gratte-ciel de l'Ambassador, suscitait un sentiment de dépaysement, d'inadéquation. Rien à voir avec le Vésuve et les conneries de carte postale.

À sa vue, Tagliamonte lui lança d'une voix aigre :

« À en croire ton chef, tu es venu mendier une trêve.

— Ou la troquer contre la solution de l'affaire.

— Tu as une boule de cristal ou quoi ? »

Denis alluma une cigarette et se vautra sur le siège, l'air fanfaron. Il voulait savourer ce moment, il voulait imprimer le sceau de ses mérites dans cet endroit où il était désormais un étranger.

« C'est toi qui as interrogé le Sri Lankais ? »

Tagliamonte secoua la tête.

« Non, c'est le préfet de police.

— Dans ce cas, il s'est ramolli. Hier, je l'ai cuisiné, puis filé, et j'ai découvert qu'il avait rencontré un type.

— Espèce de connard ! s'écria Tagliamonte. On le surveille depuis des jours et on l'a mis sur écoute. On a même mobilisé un putain d'interprète.

— C'est un Nègre, mais pas un imbécile. Il n'a pas utilisé son portable. »

Le commissaire divisionnaire bondit sur ses pieds et se mit à faire les cent pas derrière son bureau. Il avait une barbe de quelques jours, les chaussures délacées et des dents jaunes de vieillard. Denis ne comptait pas atteindre son âge, raison pour laquelle il pouvait s'offrir le luxe de le haïr.

« Est-ce que le reste de l'histoire t'intéresse ? »

Tagliamonte opina à contrecœur. Il était gêné. On lui avait coupé l'herbe sous le pied.

« Il y a un type qui s'appelle Chianese. Un ingénieur. Je ne sais pas grand-chose à son sujet, excepté qu'il habite tout près de chez Ester Fornario. À mon avis, on devrait l'entendre. »

Les patrouilles klaxonnaient dans la rue. Le *bip* d'une radio s'échappait du couloir. Tagliamonte dévisagea Denis d'un regard torve, puis lui lança un bloc-notes et un stylo, qui atterrirent sur ses cuisses.

« Écris-moi son adresse, on va aller le chercher. Mais ton chef ne sera pas content.

— Qu'il aille se faire foutre. »

Denis écrivit avec frénésie.

Il avait brusquement l'impression d'appartenir à quelque chose. Une sensation que rien n'était en mesure de susciter en lui, pas même l'alcool.

Un à zéro en sa faveur : il gagnait pour le moment.

Pour combattre la tension, il avait avalé deux gélules d'oméprazole. Ce médicament réduisait l'acidité et les élancements, mais pas la nausée qui l'envahissait le soir, juste avant de passer au Copacabana. Le chef l'avait appelé de Rome sur son portable en feignant de ne rien savoir. Ils avaient bavardé cinq minutes à propos des nouvelles que le commissariat central lui avait transmises.

Puis Denis avait regardé à travers la baie vitrée du troisième étage et savouré la scène : Chianese était arrivé avec une patrouille de service. Comme il n'avait répondu ni sur son téléphone professionnel ni sur ses mobiles, on avait opté pour l'effet de surprise. La presse n'attendait que ça. Journalistes régionaux, photographes, agences et même envoyés de quotidiens nationaux… ils étaient tous perchés là comme des rapaces, pour susciter un peu d'intérêt chez leurs lecteurs, assommés sous les parasols. Les crimes de la Camorra exceptés, il n'y avait pas grand-chose à se mettre sous la dent depuis le début de la saison, aussi les journaux s'étaient-ils jetés comme des fourmis sur le premier meurtre splendidement morbide de l'été.

Le substitut du procureur avait donné le feu vert : bloqué par la circulation sur l'autoroute de Caserte, il rejoindrait le groupe à son arrivée en ville. D'ailleurs, c'était le préfet de police qui menait la fête, réservée aux seuls invités de choix.

Denis pénétra dans le bureau de ce dernier comme s'il tapait l'incruste, ou presque. Il y avait là Tagliamonte, un brigadier servant de dactylo, ainsi que deux commissaires qui assistaient le chef. Et Chianese. Lequel n'était pas encore en garde à vue, mais plus que suspecté. On le massacrait, utilisant toutes les ficelles du répertoire : on l'avait d'abord fait transpirer, puis on l'avait placé sous le jet glacial des climatiseurs. Résultat, il tremblait et avait un début de torticolis. On lui avait refusé la moindre gorgée d'eau, avant de découvrir – coup de génie – qu'il ne fumait pas. Le bureau s'était alors transformé en fonderie d'usine.

Chianese était un professionnel sérieux et instruit. Il avait compris qu'il serait tôt ou tard convoqué par la police, et il s'était donc préparé, il avait peut-être même consulté un avocat. Il savait qu'il lui fallait collaborer et refouler toute manifestation de faiblesse ou de peur. Pour sortir sain et sauf de l'épreuve, il devait montrer qu'il n'avait rien sur la conscience. Mais imaginer est une chose, *prendre part* en est une autre. Tagliamonte et le chef avaient soutiré des aveux à des terroristes et des assassins en série, à des psychopathes, des sociopathes, des individus dangereux, qui entraient là, l'air bravache, et ressortaient en pleurant, libérés de leur fardeau.

Répéter la même version en insistant sur les détails et en évitant de possibles contradictions pendant six heures n'est pas une mince affaire. Une infime erreur, un oubli sur un détail insignifiant, et c'est la fin. Ce détail insignifiant-là n'était autre que la nuit qui avait précédé la mort d'Ester Fornario : Chianese jurait qu'il l'avait passée chez lui en compagnie de sa femme. Il jurait qu'il avait vu Ester six semaines plus tôt. Après quoi il s'était rétracté et avait déclaré, dans une deuxième version, que c'était vingt jours plus tôt. Il avait également parlé à la femme au téléphone quelques heures avant qu'on la retrouve, la tête fracassée sur la pierre.

S'était-il agi d'un adieu ? D'un au revoir ?

Ou l'avait-il priée de lui fixer un nouveau rendez-vous chez elle ?

« Quand avez-vous fait la connaissance d'Ester Fornario ? »

Le soleil couchant semblait avoir déposé la chaleur de la journée dans le bureau du commissaire divisionnaire. C'était maintenant Denis qui menait l'interrogatoire. Le magistrat et le préfet de police étaient partis, il ne restait plus que Tagliamonte et deux brigadiers zélés.

« J'ai soif… appelez mon avocat… »

Chianese était blême, comme à la suite d'un accident de la route. Il avait le dos engourdi, mais il lui était interdit de se lever. Les journaux télévisés du soir avaient déjà titré « Le monstre démasqué », ou d'autres formules de ce genre.

« Vous pourrez bientôt boire. Concentrons-nous sur la femme.

— Je vous l'ai répété un milliard de fois. Nous nous sommes rencontrés l'été dernier, lors d'une soirée sur un yacht amarré à Capri.

— Vous étiez seul. Votre femme, indisposée, était restée à l'hôtel.

— Il ne faut pas qu'elle apprenne... », bredouilla Chianese.

Denis opina sans se montrer rassurant. Désormais les choses étaient claires : l'ingénieur avait été le dernier à parler à Ester Fornario, la nuit du drame. D'après les relevés téléphoniques, le portable de la défunte avait été éteint après cet appel, pour ne plus jamais être rallumé. Le récit de Chianese comportait d'autres bizarreries : il prétendait avoir couché plusieurs fois avec elle, y compris dans la villa, mais ne mentionnait pas les jeux sadomasos.

Lors de leur première rencontre, ils avaient eu une sorte de coup de foudre purement érotique. Ils s'étaient retrouvés pendant des mois en cachette, à l'insu de l'épouse de Chianese. Laquelle apprendrait à présent la nouvelle de la pire des façons qui soit : par la télévision. Ils avaient aussi passé à deux reprises un week-end à Stromboli ou en Sardaigne, loin de tous. Puis leur liaison avait pris fin.

« Ester avait de nombreux amants, tous occasionnels. C'était elle qui menait la danse : elle s'en servait comme de vulgaires Kleenex. Mais, en vertu d'une loi mystérieuse, quand elle vous rappelait après des mois de silence, elle parvenait toujours à vous tenir en laisse », avait déclaré l'homme.

Il était ensuite entré dans les détails : Ester Fornario était une femme désabusée et déprimée, mais pas cynique. Dévastée par son divorce, elle avait l'impression d'être une ratée dans tous les domaines, aussi passait-elle son temps ainsi que le passent les individus qui ont tout perdu : en se détruisant. Pour des raisons évidentes, Chianese se gardait bien de se montrer avec elle en public. Voilà pourquoi il ne savait pas grand-chose de ses fréquentations.

« Alors, de quoi avez-vous parlé avec le Sri Lankais ?

— Je voulais protéger mon intimité, c'est-à-dire… ma femme.

— Ou peut-être vous fabriquer un alibi ? »

Chianese était un citron pressé. Si Denis le harcelait trop, il risquait de se refermer comme une huître, devenant inutilisable. Voilà pourquoi il devait y aller mollo.

« Non, je ne l'ai pas tuée… ce n'est pas moi qui l'ai tuée. »

Denis se leva et le contourna. L'homme avait des cheveux roux clairsemés et de magnifiques yeux bleus. Un léger duvet couvrait son visage émacié. Denis remplit un verre d'eau et le lui tendit avec une lenteur exaspérante.

« Alors pourquoi lui avez-vous téléphoné la veille ? »

L'homme but avec une telle frénésie qu'il éclaboussa un peu sa chemise. Il était en nage. Au bout du rouleau.

« Je vous l'ai dit, c'est elle qui m'a appelé… Elle voulait me voir, elle voulait que j'aille chez elle. Mais j'ai refusé. Pour une raison que j'ignore, j'ai résisté. Je suis resté chez moi avec ma famille, expliqua-t-il en pleurnichant.

— Dans ce cas, il faudra que nous interrogions aussi votre famille. Et le Sri Lankais. »

Chianese se contorsionna sur sa chaise en se tordant les mains. Il balbutia quelques mots, comme un enfant. Denis et Tagliamonte le laissèrent mijoter en compagnie des deux brigadiers et sortirent dans le couloir.

« Je sais comment le faire parler.

— J'en suis certain, Carbone. Mais nous avons besoin d'autres preuves », répliqua Tagliamonte en glissant un cigare dans sa bouche.

Il essaya de l'allumer. En vain : son briquet ne marchait pas. Ils avaient conclu une sorte d'armistice.

« On n'a pas retrouvé les empreintes de ce type dans l'atelier d'Ester Fornario… Mais ses téléphones et son ordinateur personnel recèlent peut-être des informations intéressantes.

— J'y vais ? » demanda Denis sur un ton qui trahissait plus la prière que l'espoir.

Tagliamonte hocha la tête.

« Le préfet de police est d'accord. Le magistrat a signé le mandat de perquisition. Chianese est en garde à vue », affirma-t-il en renonçant à allumer son cigare, qu'il abandonna sur le rebord d'une fenêtre.

10

Denis glissa un CD de Pastorius dans le lecteur de sa voiture et écouta s'élever les notes entremêlées. Il aimait ce morceau : sa mélodie acide reflétait son état d'âme. La nuit s'était remplie d'ombres, d'ivrognes et de sales gueules bourrées de tatouages qui roulaient dans des autos aux couleurs improbables. Le jazz n'adoucissait pas l'indifférence de la ville. Ces bars, cette chaleur, ces bouteilles de rhum brisées dans la rue renfermaient un rêve, une promesse. Les pensées de Denis couraient aux Caraïbes, à ses voyages de trentenaire, entre les fesses bronzées qu'on voyait sur le Malecón et les cuites incessantes : la musique, la fête, un vent qui vous séchait la gorge en vous invitant à oublier votre pays. Tant que vous aviez de l'argent dans les poches, bien sûr. Mais Naples n'était pas Cuba, ni même l'Italie, d'ailleurs. C'était un no man's land abandonné à l'obscénité.

Et, maintenant, il était dedans jusqu'au cou.

L'accusation reposait sur des points plus ou moins solides. Certes, Chianese était un connard plein de morgue ayant tous les mobiles possibles : jalousie, désir de possession, vengeance. Il avait été le dernier à parler à Ester Fornario et il s'était efforcé de se fabriquer un alibi. Il serait bientôt confronté avec le Sri Lankais, qu'on avait convoqué au commissariat.

Mais, dans ce jeu d'emboîtements, plusieurs éléments chiffonnaient Denis : premièrement, les deux hommes qui avaient essayé de l'envoyer dans le décor. Deuxièmement, les pressions exercées sur son chef, à Rome. Enfin, le baisodrome, les égratignures sur les poignets de la victime, les jeux érotiques, les cartes mémoire et le type qui l'avait épié, à la fenêtre.

Qui était-ce ? Chianese ?

Et quel rôle jouait-il dans cette affaire ?

Chianese avait peut-être bien tué son ancienne maîtresse, mais le tableau d'ensemble comportait des bizarreries qui échappaient à tout examen critique.

Denis s'arrêta à un magasin d'alcools dans la via Cilea pour se réapprovisionner en Macallan. Il glissa un flacon de 33 centilitres dans sa poche et en fourra un second dans la boîte à gants : elle contenait encore le courrier dérobé quelques nuits plus tôt, le relevé de la carte bancaire, la facture de gaz et la lettre du centre de bien-être avec un lis pour logo. Il repensa à Laura et, le temps d'un instant, eut envie de prendre les jambes à son cou, de tout abandonner. Ça fait une éternité que c'est fini entre nous. Il n'était pas si simple d'oublier et d'aller de l'avant. On peut se relever et poursuivre son chemin d'innombrables fois, mais le souvenir demeure : c'est la seule chose qu'il est interdit de réinitialiser.

Il faisait nuit quand il atteignit la Loggetta. Il descendit de voiture et fendit la foule de journalistes agglutinés là comme des mouches. La lumière était déjà allumée au premier étage, et une silhouette épiait de derrière les rideaux d'une fenêtre.

La femme de Chianese l'agressa presque. Elle hurlait, en larmes, tenant un enfant dans ses bras et un autre par la main.

Comment lui donner tort ?

Sa vie s'était effondrée en moins de vingt-quatre heures : les millions, les appartements, la vie aisée dans ce quartier populaire d'où son mari et elle étaient issus ne servaient à rien. Il l'avait trompée un nombre de fois incalculable et c'était peut-être un assassin.

Non sans remords, Denis demanda qu'on l'emmène. Puis il ordonna aux deux flics de l'attendre dans la rue : il commencerait la perquisition tout seul.

Se suspendant à son flacon de Macallan, il se mit à arpenter l'appartement. Il était grand, mais n'avait rien à voir avec l'intérieur d'Ester Fornario : tableaux médiocres aux murs, couleurs délavées, tapisserie hideuse, cadres dorés partout. Il n'y avait là qu'un seul élément insolite : les bibliothèques bourrées de romans et de musique classique. En s'approchant, Denis s'aperçut que la plupart des disques étaient encore sous blister. Un sourire lui échappa : quand on est né dans la misère, on en porte l'odeur partout. Y compris lorsqu'on a assez d'argent pour en remplir une baignoire.

Il pénétra dans la chambre, glissa l'ordinateur portable et les téléphones de Chianese dans un sac, ouvrit les tiroirs, fouilla entre les draps et le matelas, inspecta la table. Tout y était parfaitement en ordre : les papiers étaient rangés dans des chemises de couleur dotées d'une étiquette, et les bijoux de la femme, rassemblés dans les compartiments d'un grand chiffonnier. Il passa ensuite à la cuisine, puis au salon, songeant que, s'il y avait des objets compromettants, ils étaient certainement cachés dans des endroits impensables. Un déguisement sadomaso, des fouets, des chaînes, des vibromasseurs, une série de lettres d'amour, des photos… il chercha sur le haut des meubles de cuisine, derrière le réfrigérateur et à l'intérieur, alla même jusqu'à ôter les housses des canapés et à écarter les tableaux des murs.

Rien.

En réalité, il ne savait pas *exactement* quoi chercher : Tagliamonte lui avait ordonné de récupérer ordinateur et téléphones portables, rien de plus. Mais il flairait dans l'air la présence d'un indice, qui éclaircirait l'affaire, ou la plomberait.

Il s'apprêtait à regagner, résigné, le commissariat quand son regard fut attiré par la penderie, de l'autre côté du salon. Des vêtements étaient accrochés à des cintres et des pull-overs pliés dans des compartiments ; quant au sol, il était presque entièrement recouvert de chaussures. Intrigué, Denis traversa la pièce en foulant l'immense tapis à arabesques et ouvrit en grand le placard. Des bottes à talons hauts, des sandales, des mocassins, une paire de rangers et des tongs dépareillées s'y côtoyaient. Les conseils de l'instructeur qui l'avait formé pendant des mois à l'académie de police lui revinrent alors à l'esprit : dans les crimes passionnels, les objets les plus intéressants se trouvent toujours aux endroits les plus évidents.

Il but une gorgée au goulot de la bouteille, tandis que sa transpiration commençait à lui envoyer d'étranges messages. Il fut soudain foudroyé par une pensée : la penderie ne contenait pas de chaussures de sport masculines. Ni de course ni de tennis.

Rien de rien. Ce qui ne pouvait signifier qu'une seule chose.

Il glissa le flacon dans sa poche et s'activa avec une frénésie insolite. Maintenant il savait *quoi* chercher.

Il retourna dans la chambre, mit sens dessus dessous les deux salles de bains et le débarras, vida littéralement la cuisine et la véranda, laissant un océan d'objets éparpillés sur le sol. Puis il se précipita dans le salon et s'empara de deux trousseaux de clés, avant de dévaler l'escalier. Dans la rue, les deux flics lui lancèrent un regard ahuri. Quelques photographes déclenchèrent leurs flashs, mais il ne s'en aperçut même pas. Ce n'était pas le whisky : c'était l'intuition. Il se sentait inspiré. Il entra dans le garage. Les portières de la Lotus n'étaient pas verrouillées. Il ouvrit le coffre et fouilla dans le compartiment de la roue de secours. Son visage s'éclaira comme s'il avait vu Charlie Parker ressuscité jouant pour lui tout seul.

Deux chaussures de sport étaient encastrées entre le pneu et le cric. Neuves, pratiquement vierges, enveloppées dans une poche en plastique. Denis les retourna pour examiner leur semelle, puis se mordit la langue en essayant d'attraper une cigarette.

« Merde… »

C'était une paire de Nike. Des Nike pointure 49 : des chaussures de géant.

Identiques à l'empreinte découverte dans l'appartement de la via Petrarca.

11

Des voyous jouaient au ballon près du trottoir. Denis klaxonna. Ils s'approchèrent, l'air menaçant, puis se sauvèrent quand il exhiba la crosse de son Beretta.

Après avoir déposé au commissariat central les objets confisqués, il avait passé la nuit entre cafés, Macallan et le dossier concernant Ester Fornario. Quelque chose clochait. Certes, Chianese était le suspect numéro un. Sa confrontation avec le Sri Lankais, organisée par Tagliamonte, apportait d'ailleurs des détails intéressants. Néanmoins, Denis refusait de s'en tenir aux premières hypothèses. Car, si l'on avait retrouvé l'empreinte du pied de Chianese dans l'appartement de la via Petrarca, celle de ses doigts manquait. Mieux, on n'avait pas relevé une seule empreinte digitale. Et, comme si cela ne suffisait pas, celles qu'il avait repérées sur la carte mémoire ne correspondaient pas aux siennes. Qui d'autre se cachait derrière cette maudite affaire, bordel ?

Grâce aux nouveaux climatiseurs, il régnait un froid polaire dans son bureau. Enfin ! Il adressa un sourire de circonstance à Teresa, qui s'était placée à portée de vue.

« Qu'est-ce que fichaient ces voyous près de ma place de parking ? » lui demanda-t-il, faisant allusion aux gamins qui jouaient dans la rue.

L'ignorant, Teresa continua de taper sur son clavier. Puis elle annonça : « Finamore est rentré.

— Où est-il ?

— Dans le bureau du chef.

— Je t'appellerai plus tard. » Il lui toucha le bras sans remarquer le frisson que ce contact provoqua chez elle.

Il s'enferma dans les toilettes et vida son flacon de Macallan. Ses crampes s'intensifièrent de façon inquiétante. Il resta quelques instants assis sur la cuvette et, comme il ne se passait rien, mâcha un peu de pâte dentifrice, dont un tube reposait sur la tablette, oublié. Enfin, il rejoignit Finamore, qui avait entre-temps regagné son propre bureau.

« Toi qui t'y connais, donne-moi un tuyau sur le tournoi, lui lança ce dernier.

— Je ne suis presque plus le tennis. Comment se sont passées tes vacances ?

— Bien. Je suis allé… à Capri. »

Il mentait de toute évidence. Son visage pâle trahissait l'ennui et le manque de repos. La pièce était aseptisée. Sur l'écran de l'ordinateur, on voyait Nadal écraser un inconnu au deuxième tour de la Rogers Cup.

Denis ne savait que penser du commissaire adjoint : il ne le trouvait ni sympathique ni antipathique. C'était un drôle de flic, perdu entre la paperasse et son ventre énorme, qui n'avait certainement jamais tiré un coup de feu, pas même contre une silhouette en carton.

« Des conneries. Tu as été gaspiller ton fric aux vidéo-pokers. Je suis prêt à parier mon pistolet.

— Va te faire foutre, Carbone.

— Va te faire foutre toi-même », répliqua Denis dans un rire en attrapant le Post-it que Finamore lui tendait.

Un numéro de téléphone fixe y était inscrit, ainsi que la phrase APPELLE À 10 HEURES D'UNE CABINE.

Denis soupira et pesta : cette situation commençait à le fatiguer. Puis il jeta un coup d'œil à l'horloge et prit ses jambes à son cou : quelques minutes seulement le séparaient de l'heure en question.

Il introduisit plusieurs pièces de monnaie dans le téléphone public du bar de la via Manzoni et composa le numéro indiqué. Le chef répondit à la huitième sonnerie.

« Putain, c'est quoi, tous ces mystères ? interrogea Denis.

— Les mêmes qu'hier. Du nouveau ?

— J'ai trouvé un indice, ou peut-être davantage. Une chaussure. Elle correspond à l'empreinte relevée dans l'appartement d'où le type m'épiait.

— L'ingénieur ?

— Oui. J'ai tout rapporté à Tagliamonte. Ses hommes le cuisinent pour la troisième fois. On arrivera peut-être à nos fins d'ici à ce soir. »

Le chef toussa et cracha. Il avait une mauvaise voix.

« Tes amis ont réapparu ? demanda-t-il.

— Négatif. Et les tiens ?

— Je ne sais pas… le type de l'autre jour ne s'est plus montré. Il n'assistait même pas à la réunion de ce matin. En échange, le président de la commission d'enquête gagne du temps. Il prétend qu'il veut m'entendre une nouvelle fois, que l'affaire se résoudra peut-être toute seule… Bref, j'ai l'impression qu'ils veulent me retenir ici, à Rome. »

Denis fit glisser une Rothmans de son paquet. Ses tempes battaient.

« Ne plus t'avoir dans les pattes, ça équivaut à gagner le gros lot », dit-il.

Il sourit. Mais le chef, lui, gardait son sérieux :

« Ce n'est pas bon signe, Carbone. Tu n'es pas allé en Irak, tu ne peux donc pas le savoir : quand l'ennemi se retire, c'est seulement pour préparer l'attaque décisive.

— Chef, tu sais que j'ai de l'estime pour toi, et tout le tintouin. Mais rends-toi un service : éteins ce putain de journal télévisé et reviens. »

Cette fois, il parvint à lui arracher un ricanement.

« Et toi, garde les yeux grands ouverts », dit Lettieri en raccrochant.

Denis tira sur sa cigarette, mais sans rien aspirer. Il ne s'était pas aperçu qu'elle s'était éteinte.

L'après-midi était gris et menaçant. L'écho des bateaux en partance, dans le port de Pozzuoli, ne couvrait pas l'étrange bourdonnement qui s'était fiché à l'intérieur de sa tête après le déjeuner. Il quitta la table du bar encore sobre, paya son granité allongé de rhum et se promena le long des quais à la recherche d'une intuition ou d'une distraction. Il ne fréquentait plus ces lieux depuis des mois, des années peut-être. Un tas de choses avaient changé : du marché, il ne restait même plus l'odeur ; le quartier Terra était en construction, et le maire, ou ses représentants, avait délimité une zone piétonnière en recouvrant l'asphalte d'un tapis vert. Malgré les boutiques, les bars, les papeteries et même un magasin de vinyles, les toxicos et les ivrognes continuaient d'occuper le square autour de la gare de Cumana. Les trains étaient pitoyables, les ruines étaient pitoyables, même la mer était pitoyable, gâchée par les bateaux de pêche et par les mouettes à la chasse de restes.

Denis savait très bien pourquoi il n'avait plus remis les pieds à cet endroit : parce que devant lui, à quelques pas du port, se dressait La Scialuppa, *leur* restaurant. Celui de la première invitation officielle. Grâce auquel la soirée ne s'était pas conclue par une énième baise, mais par la promesse d'un lien éternel. Promesse brisée ensuite, évidemment. Denis avait confié à l'alcool et à son travail les tessons de ses meilleurs souvenirs en se promettant d'oublier Laura pour toujours. Et si, pour la première fois depuis qu'elle l'avait largué, il avait résisté trois jours sans la voir, il était à présent envahi par un désir irrépressible. *Tu te fourres dans les emmerdes et tu m'y fourres moi aussi !* Autrefois, elle aurait adoré les emmerdes. Et lui, il se serait jeté dedans, la tête la première, dans le seul but de lui arracher un sourire. Mais désormais tout était cassé. Irréversiblement : inutile de se leurrer. La vérité, c'était que Laura menait *sa* vie ailleurs, avec ce flic à la con. Et il se pouvait qu'un enfant vienne bientôt sceller leur choix définitif. Ainsi que sa défaite, à lui. Tout aussi définitive.

Le vent se leva lentement. Le sirocco. Alors qu'il scrutait l'enseigne du restaurant, Denis eut l'impression de distinguer des notes de jazz, à moins que sa mémoire ne fût victime d'un court-circuit alcoolique. Il fuma trois cigarettes, assis sur la rambarde, puis, lorsque le vent chaud devint insupportable, se dirigea vers l'immeuble qui donnait sur le quartier Terra et sonna à l'interphone.

Il n'avait pas oublié l'appartement d'Enzo Amitrano : le bâtiment tombait en ruine, mais la vue y était incroyable, même lorsque la pluie menaçait.

« Qu'est-ce que tu fiches ici ? Tu es venu m'offrir un scoop ?

— Plutôt te demander un service. »

Ils s'étreignirent. Amitrano attrapa deux verres dans le bahut et y versa une double dose de whisky. Presque chauve, il portait des lunettes aux verres aussi épais que les phares d'une voiture de patrouille. Son appartement était rempli de poussière, de livres et de classeurs en carton. Amitrano avait été l'un des journalistes les plus prestigieux du *Corriere della Sera* dans les années quatre-vingt-dix. Puis il avait cassé les couilles non seulement aux hommes politiques, mais aussi à ses collègues, et on l'avait remercié. À présent, il travaillait pour une chaîne de télévision privée et collaborait avec de petites revues d'enquête. Pour des clopinettes : le véritable journalisme était mal payé. Il conservait toutefois un tas de contacts.

« Quelle est la vérité sur cette femme ? C'est toi qui travailles sur l'affaire, non ? » interrogea Amitrano.

Denis sirota son whisky bruyamment. Quelque part, derrière les montagnes, se trouvaient son domicile, le lac et l'appartement de Laura. Il se demanda ce qu'elle faisait à cet instant précis.

« Le commissaire divisionnaire voulait me l'enlever.

— Et l'ingénieur ?

— Chianese a de nombreux secrets. C'est lui le coupable, à cinquante pour cent.

— Mais ? »

Denis soupira et vida son verre. Avant de le remplir une nouvelle fois.

« Lâche-moi, bordel… Je ne peux pas tout te dire. »

Le journaliste sourit en obtempérant. Puis il s'empara d'un quotidien où s'étalait la photo en gros plan d'Ester Fornario encore en vie et se mit à jouer avec.

« De quoi as-tu besoin, Carbone ?

— Ton frère est toujours détective privé ?

— Disons qu'il ressemble davantage à un videur aujourd'hui… Mais il a toujours son port d'armes.

— Bien. Quel est son tarif pour protéger une personne jour et nuit ? À son insu, évidemment.

— De qui s'agit-il ? »

Le sirocco s'était effacé devant un vent plus frais, qui chassait les nuages, dévoilant des portions de ciel sale. Un volet de l'immeuble voisin claqua.

« De mon chef. Il est à Rome.

— Il n'acceptera pas pour moins de trois cents euros par jour. C'est un boulot qui requiert trois personnes se relayant toutes les huit heures.

— Je n'ai pas cette somme. Je ne gagne que mille sept cents euros par mois, putain. »

Le flair ou, mieux, la curiosité du journaliste d'assaut l'emporta. Il y avait du sang dans l'air, une charogne à dépouiller.

« Je peux lui en toucher un mot et lui demander un service. Mais toi, tu m'en devras un, payé d'avance.

— Espèce de con. » Denis but une autre gorgée avant de continuer : « Il y a des types qui cassent les couilles à mon chef, Lettieri. Je ne peux pas le faire surveiller par des agents, parce qu'il refuserait. Et parce que je n'ai confiance en personne à Rome.

— Si je te rends un service *de prix*, il faut que j'y

gagne. Bordel, Denis, tu n'es pas le seul au monde à être dans le pétrin : j'ai un fils à entretenir. Et mon ex-femme, ou presque, a une leucémie. Donne-moi un tuyau. »

Le ton montait. Denis referma ses doigts si fort sur le gros verre que ses articulations blanchirent. Puis il tira de sa poche deux cachets de Maalox et les fourra dans sa bouche, sans liquide. Amitrano lui tendit de l'eau, qu'il refusa, frustré.

« D'accord, bordel… Un type des Services veut l'enculer. On essaie de le coincer sur l'affaire du carabinier qui s'est défenestré de son hôtel il y a quelques années. C'était un indic. L'autre nuit, on a tenté de m'éliminer moi aussi », expliqua-t-il après un instant d'hésitation.

Saisi de frénésie, Amitrano s'empara aussitôt de son carnet, mais Denis l'arrêta.

« Jure-moi de ne rien publier tant que je ne t'aurai pas donné mon accord. Sinon je suis mort. Je ne plaisante pas.

— Denis, tu sais que…

— Jure ! »

Amitrano se signa.

« J'appelle tout de suite mon frère. Mais toi, comment tu vas ? Tu ne peux pas demander de l'aide à quelqu'un ?

— Moins il y a de gens au courant, mieux c'est. Et puis je suis capable de veiller sur moi. »

Le journaliste était encore sous le choc de la nouvelle. Voyant que Denis, qui s'était levé, appuyait une main sur son ventre et réprimait un haut-le-cœur, il lui lança :

« Fais-toi au moins examiner l'estomac. Tu as sûrement un ulcère.

— Ce n'est rien. Toi, occupe-toi immédiatement de mon chef. Si tout va bien, tu seras le premier à connaître les conclusions de l'enquête sur l'affaire Fornario, je te le jure. »

Puis il lui serra la main, plus chaude et plus moite que la sienne.

Quand il fut dans l'ascenseur, il eut un nouveau haut-le-cœur qui l'obligea à se pencher. Il cracha par terre. Du sang.

12

Teresa ignorait pourquoi elle était tombée amoureuse de Denis.

Il était agressif, égoïste, violent. Elle l'avait vu un jour saisir un Albanais par le cou et le soulever à cinquante centimètres du sol. Mais elle lisait dans son regard du chagrin : ce chagrin qu'elle avait elle-même éprouvé pendant des années après avoir été larguée par un toxicomane doublé d'un cleptomane et s'être reconstruit non sans mal un semblant de vie. Grand, maigre, les cheveux poivre et sel, Denis Carbone conservait dans ses yeux bleus le secret professionnel de tout policier qui se respecte : la capacité de changer d'aspect, de passer en une fraction de seconde du gentil flic au salopard.

Il était comme ça au lit aussi. Il faisait l'amour avec rage, en admettant que ce fût le terme approprié. Il la retournait à sa guise sur le matelas et jouissait de l'entendre pester sous l'effet de la douleur. D'ailleurs, voilà tout ce qui lui était resté : un homme à attendre, entre deux journées de travail. Une sorte de thérapie pour boucher les trous de l'existence.

Elle le vit arriver, une main sur l'estomac, étrangement sobre.

« T'as du pain ? Ou un truc qui absorbe… », dit-il sur le seuil.

Elle lui apporta une portion d'omelette aux macaronis, qu'il engloutit sans mâcher, ou presque. Puis il avala deux cachets d'analgésique et parut se calmer au bout de cinq minutes.

« Tu me fais peur. Il vaudrait peut-être mieux…

— Il vaudrait mieux que tu évites de me donner des conseils. Je vais bien. Toi, plutôt, qu'est-ce que tu as trouvé sur les cartes ? »

Teresa le dévisagea, apitoyée et un peu frustrée. Elle s'était remaquillée et s'était relavé les cheveux, espérant qu'ils passeraient la nuit ensemble. Mais l'allure de Denis ne promettait rien de bon. Elle alla chercher son ordinateur portable et le posa sur la table.

« Il n'y avait pas grand-chose. La plupart des fichiers sont endommagés. Pour les restaurer, il faudrait du temps et un spécialiste. J'ai un copain informaticien, il pourra peut-être nous donner un coup de main, si tu veux. »

Denis hocha la tête, sérieux.

« Mais ?

— J'ai trouvé quelque chose… Ces cartes n'ont pas été utilisées uniquement pour les vidéos. Elles ont aussi servi à archiver les messages d'une boîte aux lettres électronique. Rien d'exceptionnel, à première vue. Mais ça te sera peut-être utile. »

Denis cliqua sur le dossier. Une liste d'une vingtaine de fichiers apparut. Il les ouvrit tous et les examina soigneusement : ils contenaient deux spams, un bulletin de réabonnement pour une revue de mode, quelques mails insignifiants ou bourrés de caractères incompréhensibles. C'était étrange, songea-t-il :

d'habitude, les femmes seules passent leur temps à naviguer entre chats et réseaux sociaux. Ester Fornario, elle, n'avait même pas de profil Facebook, pas une seule amitié virtuelle.

L'un des messages attira toutefois son attention. Il faisait allusion à un cocktail donné pour la réouverture d'un institut de beauté après des travaux de rénovation. Mais ce ne fut pas cette invitation qui l'amena à dresser ses antennes. Ce fut la photo qui y était jointe.

En l'ouvrant, il faillit blêmir.

Une image nette et détaillée d'Ester Fornario. Elle y souriait, vêtue d'une robe du soir magnifique, et affichait la pose la plus sensuelle du monde, malgré ses yeux tristes. Près d'elle, un homme de grande taille se cachait le visage derrière ses mains. Il portait un smoking sur une chemise tachée de transpiration, dont le col déboutonné laissait entrevoir, à la base de la gorge, une horrible cicatrice qui se prolongeait sur une partie du cou, peut-être une ancienne brûlure au deuxième degré. Derrière eux, l'entrée d'un restaurant ou d'un night-club, surmontée d'un énorme lis stylisé aux pétales arrondis. Autour du logo, on pouvait lire : RISING SUN – HÔTEL SPA – AREZZO.

Denis bondit sur ses pieds au beau milieu du salon.

« Qu'y a-t-il ? » interrogea Teresa, inquiète.

Sans lui prêter attention, il se précipita à l'extérieur, courut dans la rue, ouvrit la portière de sa voiture et démarra à toute allure. « Elle est venue avec un type qui avait une gorge épouvantable », tels avaient été les mots du père d'Ester Fornario.

Nul doute, la piste s'élargissait.

La nuit sur l'autoroute était malsaine. De même que des centres de paris Eurobet surgissaient en ville, de même des répéteurs pour téléphones portables ponctuaient l'A1 tous les cinq cents mètres. Des rapaces entre les montagnes, des engins cancérogènes remplissant le ciel d'émissions électromagnétiques.

Denis fit halte dans un restoroute peu après Rome. Il s'était littéralement sauvé de chez Teresa sans même la remercier, puis il avait jeté un coup d'œil à sa montre et avait décidé de s'activer. Il y avait trop d'adrénaline en lui, il ne pouvait pas attendre le lendemain pour appeler : il voulait s'y rendre en personne et vérifier de ses propres yeux.

Il avala une gorgée de Red Bull et la recracha immédiatement. Il but alors un café pour calmer son mal de tête et acheta une carte téléphonique à deux euros. Il descendit aux téléphones publics, situés près des toilettes, et rapporta à son chef quelques éléments en omettant aussi bien la question des cartes mémoire que, bien entendu, celle de la surveillance spéciale. Le frère d'Amitrano devait déjà être à l'œuvre, avec son agence de détective.

Vers 4 heures, après un autre café, il regagna le parking peuplé de quelques camionneurs, pour la plupart endormis, et se remit en route.

Il atteignit la région d'Arezzo à 6 heures du matin. Le GPS semblait affolé : il lui fallut un moment pour trouver le sentier perdu dans les collines qui montait vers l'hôtel spa. Denis gara sa Clio parmi les voitures de luxe et d'un pas rapide gagna l'entrée. C'était une espèce de château, rénové dans un style moderne et flanqué d'un étang, d'une piscine en plein air et d'une source thermale. Il s'en dégageait un luxe si impudent qu'il se collait à vous dès que vous effleuriez le marbre du bar ou fouliez la moquette. Une atmosphère encore somnolente y régnait.

À la réception se tenait un trentenaire à l'allure rustaude, mais bien élevé.

« Inspecteur Carbone, bonjour. »

Le garçon posa les yeux sur la carte de police sans paraître surpris.

« Vous reconnaissez cette femme ? interrogea Denis en brandissant la photo d'Ester Fornario.

— Pas vraiment…

— Comment ça ?

— Je ne travaille ici que depuis deux mois. Mais c'est la femme qu'on a vue dans les journaux, je veux dire, celle qui a été assassinée à Naples. On en a parlé dans l'hôtel, car c'était une habituée. »

Denis acquiesça, presque enthousiaste, avant de jeter un regard circulaire.

« Qui la connaissait le mieux ?

— Le directeur, certainement, mais il est absent pour le moment. Je peux l'appeler sur son portable, si vous le souhaitez. »

Alors que le jeune homme soulevait le combiné, Denis lui bloqua le poignet. Il ne pouvait pas prendre de risques : quelque chose lui disait qu'il devait user de la plus grande discrétion.

« Inutile pour le moment. Je mène l'enquête, mais je ne veux pas de publicité. Parler au directeur équivaudrait à diffuser un communiqué de presse aux autres clients, vous voyez ?

— Je… ne comprends pas… »

Denis tira de sa poche son portefeuille et compta cinquante, cent, cent cinquante euros. Quand le réceptionniste les eut bien vus, il les plia soigneusement en quatre.

« Tu es de Naples, pas vrai ?

— De… Frattamaggiore. »

Malgré sa diction presque parfaite, le garçon avait laissé échapper deux ou trois petites erreurs de prononciation qui n'étaient pas tombées dans l'oreille d'un sourd.

« J'ai juste besoin de quelques informations pour le moment. Dans les limites de mes possibilités, je te devrai un service à ton retour en ville. »

Denis lui glissa l'argent dans sa pochette.

Comme le jeune homme ne protestait pas, malgré son sourire gêné, il demanda :

« Où est le registre de cette année ?

— Tout est dans l'ordinateur.

— Depuis quand les travaux de rénovation sont terminés ?

— Depuis janvier.

— Dans ce cas, imprime le registre de l'année dernière et apporte-le-moi là-bas », dit-il en indiquant le bar.

Il contourna le comptoir et, ayant déniché une bouteille de Macallan sur l'étagère, s'en versa trois doigts, puis il jeta un coup d'œil au réceptionniste, qu'il découvrit affairé devant son ordinateur : il l'avait acheté.

Lorsque le garçon le rejoignit, il avait déjà vidé son second verre, qui lui valait à présent de nouvelles crampes d'estomac. Quelques clients se montraient pour le petit déjeuner. Il s'assit à une table, dans un coin, et se pencha sur les papiers.

La liste étant établie par ordre alphabétique, il était aisé de la parcourir. Elle ne mentionnait que le nom, le prénom et la date de naissance des clients. Denis sauta directement à la lettre F, où apparaissait le nom d'Ester Fornario : elle avait fréquenté le Rising Sun à cinq reprises cette année-là, s'y attardant chaque fois dix jours. L'un de ses séjours correspondait aux fêtes de Pâques, les autres tombaient à des périodes de l'année plutôt creuses.

Denis eut une intuition. Il retourna auprès du réceptionniste et le pria d'isoler les noms de tous les clients présents durant les séjours d'Ester Fornario. Quelque chose lui disait qu'il trouverait parmi eux celui du mystérieux homme au smoking et à la gorge brûlée, l'homme à la « gorge épouvantable », comme l'avait appelé le père de la femme.

« Imprime tout et donne-moi un dernier renseignement. Qui refaisait la chambre d'Ester Fornario ?

— Je ne sais pas. Je vous l'ai dit, je ne travaillais pas ici, à l'époque.

— Bordel de merde, le directeur ne devait pas être le seul à la connaître ! »

Le garçon semblait regretter sa complaisance, mais il empocha avec rudesse les trois billets de vingt que Denis lui tendait.

« J'ai entendu Anna parler de cette cliente à plusieurs reprises ces derniers jours, murmura-t-il. Vous la trouverez au dernier étage. Ne dites pas que je vous ai informé… c'est une connasse. »

Denis sourit et retint un rot causé par un excès de sucs gastriques. Puis il s'empara de la liste et se dirigea vers les ascenseurs.

Les clients commençaient à se presser autour de lui, vêtus d'un peignoir de bain, prêts pour un sauna ou un massage. Les visages liftés et maquillés des femmes, ainsi que les bedaines de leurs maris, semblaient lui crier que ce luxe n'était pas pour lui. De nombreuses années plus tôt, un tel endroit lui eût été familier ; pis, il aurait été prêt à tricher pour y entrer. À présent, il éprouvait une espèce de haine qui n'avait pas grand-chose à voir avec de l'envie : davantage avec des regrets pour les meilleures années de sa vie, ces années mêmes qui lui avaient coûté sa compagne et sa carrière.

Anna faisait le ménage dans une suite. À travers la baie vitrée, on apercevait la forteresse des Médicis, les collines environnantes et des tonnes de cigarettes dans les cendriers. Denis mit aussitôt la main à son portefeuille – sans grand résultat. La femme de ménage se souvenait d'Ester : elle était toujours ivre, laissait sa chambre dans un état abominable et distribuait de généreux pourboires. En revanche, elle n'avait jamais vu l'homme à la gorge brûlée.

« Il vaut mieux que vous en parliez directement au directeur », ajouta-t-elle.

Denis la remercia et prit congé en lui recommandant la discrétion au moyen d'un dernier billet de vingt euros. Tout son salaire y était passé. Pour parler au directeur, il lui fallait se présenter officiellement, ce qui lui était d'autant plus difficile qu'il ne disposait pas de l'appui du substitut.

Il était presque 11 heures lorsqu'il quitta l'hôtel. Tout en se maudissant d'avoir suivi cette piste en secret, il feuilleta la liste que le réceptionniste avait imprimée à son intention.

Il faillit presque s'étrangler lorsqu'il arriva à la lettre C. Le nom de Chianese s'y trouvait. La troisième fois qu'Ester était descendue à l'hôtel, bien avant l'été, l'homme y avait séjourné cinq jours.

« Le fils de pute ! » s'exclama Denis.

L'ingénieur avait menti.

Il les avait tous roulés dans la farine.

13

Le chemin du retour fut un calvaire. Complètement ivre, Denis zigzaguait d'une voie à l'autre, sous les coups de klaxon féroces des rares automobilistes présents en ce mois d'août.

Il s'arrêta pour vomir sur une aire d'autoroute et fut intercepté par deux carabiniers qui lui cassèrent les pieds un moment, y compris après qu'il eut présenté sa carte de police. Il se ressaisit un peu en début d'après-midi : il but deux petites bouteilles d'eau glacée dans un restoroute voisin de Montecassino et appela son chef d'une voix encore pâteuse.

« J'ai besoin d'un service, lui lança-t-il sans même un bonjour.

— Seigneur, tu es déjà bourré.

— Laisse tomber. Il faut que je parle à Chianese.

— Il est en prison, Denis. »

Il faisait une chaleur infernale. La chemise de Denis était trempée et son visage d'une blancheur épouvantable.

« Dans ce cas, invente une excuse. Engueule le préfet de police, dis-lui qu'on avait, nous aussi, le droit de l'interroger tout seuls.

— Je ne peux plus rien faire, Carbone. On s'est fait baiser. »

Denis soupira. Le chef l'appelait par son nom de famille lorsqu'il voulait se ficher de lui. Ou quand il était vraiment inquiet.

« Ils ont gagné, accepte-le », ajouta-t-il.

Denis raccrocha et retourna, pensif, à sa voiture. Il était temps de déployer les troupes cuirassées. Il introduisit un CD de Jazz Messengers dans le lecteur et fonça vers le péage. Le Vésuve se détachait clairement à l'horizon, menaçant et sale. Il était 7 heures et demie quand il atteignit Pausilippe.

Il avait mis plus de huit heures.

Un air malsain pesait sur le club de tennis. Moustiques et moucherons se heurtaient avec insistance aux projecteurs du court central. Denis s'était changé. La gorge sèche, il se gara sur le trottoir et jeta un coup d'œil au panorama de Pozzuoli. La nausée semblait s'atténuer.

« Où est Sepe ?

— Il n'y a qu'un seul court occupé, c'est là que vous le trouverez », répondit le jardinier, qui arrosait l'herbe des allées latérales.

Denis traversa le bar et se dirigea vers les gradins. Le substitut du procureur jouait avec un sparring-partner et s'efforçait d'attaquer au filet. Il avait une bonne volée, mais son adversaire n'avait aucun mal à repousser ses coups, ce qui le rendait fumasse. Amusé, Denis observa la scène un moment. À quarante-zéro, il se leva.

« Tu amortis trop la balle. Et il faut que tu vises le couloir.

— Et si tu prenais une raquette ? On te prêtera des chaussures, répondit le magistrat.

— Je n'ai plus la forme…

— Des conneries. Regarde-moi, j'ai pris sept kilos et je peux aligner cinquante jeux.

— En les perdant tous. »

Le sparring-partner ricana. Le substitut ramassa une serviette en éponge et la passa sur son front. La chaleur engourdissait tout.

« De quoi as-tu besoin, Carbone ? »

Il n'était pas du genre à se perdre en civilités, ce que Denis mettait à son actif. C'était peut-être pour cette raison, d'ailleurs, qu'il l'avait toujours apprécié. Il était gros et portait des lunettes aux verres aussi épais que des vitres pare-balles. Mais c'était un ami : ils avaient fait connaissance quand Denis était entré dans la police et avaient travaillé ensemble avant le dérapage. Le substitut l'avait protégé par tous les moyens possibles et, même s'ils n'en avaient jamais parlé, Denis était certain qu'il avait pesé dans la conversion de sa peine : l'exil au commissariat de Pausilippe, plutôt que la prison. Somme toute, un excellent échange.

« À propos de chaussures, c'est moi qui ai trouvé celles de Chianese.

— Et alors ?

— Je ne sais pas quoi faire. Je veux lui parler. Je pense avoir d'autres indices.

— Dont le préfet de police est informé ? »

Denis secoua la tête.

« Je veux procéder à une vérification avant de les lui communiquer. Mais mon chef sait tout », mentit-il.

Le substitut le dévisagea à travers ses verres

embués de sueur. Il les essuya avec son T-shirt, puis éclata de rire.

« Des conneries ! Si c'était vrai, tu ne serais pas là. Tu veux mon autorisation ? Ce sera non. Chianese est coupable, et les huiles veulent classer l'affaire à tout prix.

— Bordel, je te demande un service, Sepe !

— Ce n'est pas un service quelconque. Quels indices as-tu trouvés ? »

Denis huma l'air stagnant, sableux. S'il voulait obtenir du substitut du procureur un de ces services particuliers qu'il lui demandait une fois tous les trois ans, il ne pouvait pas tout lui cacher, il le savait.

« Chianese a menti. Ce n'est pas à Capri qu'il a rencontré Ester Fornario, mais dans un hôtel en Toscane. J'ai un indic », déclara-t-il en un étrange mélange de mensonge et de vérité.

Le magistrat donna un coup de pied à une balle tout en regardant les lumières de Pozzuoli, pareilles à des étincelles d'eau. En acceptant, il compromettrait l'enquête déjà close, c'était évident. Mais Denis se trompait rarement, il ne l'ignorait pas. Pour sûr, c'était un salopard. Qui avait toutefois autant de flair qu'un loup.

« D'accord, merde ! Je parlerai au juge commis à la surveillance. Mais si tu arrives à lui soutirer quelque chose, viens tout droit me voir. »

Denis s'éloigna et referma la porte grillagée.

« Free jazz, Sepe. Joue en fond de court. Ce sera un avantage contre lui », lança-t-il dans un rire en indiquant le sparring-partner.

Il se réveilla le lendemain en s'arrachant à un cauchemar où Ester et Laura se confondaient. Il aimait

Laura, qui avait toutefois le visage d'Ester Fornario. Puis elles mouraient toutes deux en tombant du toit de l'hôtel, sans qu'il parvienne à les en empêcher.

Il atteignit Poggioreale à 10 heures pile.

Il gara sa voiture en stationnement interdit et se fraya un chemin parmi les familles en brandissant sa carte de police, ce qui lui valut d'être insulté et bousculé. Un surveillant l'aida à s'acquitter des formalités et l'escorta au parloir. Dans cette pièce isolée, il n'y avait ni grilles ni vitres de séparation. Chianese se présenta quelques minutes plus tard en boitant.

« Qui t'a mis la jambe dans cet état ? » interrogea-t-il.

Mais il savait que l'homme ne répondrait pas : il avait déjà intégré le code de l'omerta. Denis tira une cigarette de son paquet et la lui offrit. Chianese refusa d'un geste poli.

« Où as-tu rencontré pour la première fois Ester Fornario ? »

L'ingénieur se détendit, apparemment persuadé d'avoir à répéter la même et sempiternelle version. Tagliamonte et le préfet de police l'avaient coincé : les journaux affichaient déjà sa culpabilité à la une. Le juge d'instruction le convoquerait bientôt : la chaussure, les mensonges et les réticences, le Sri Lankais, les relevés téléphoniques qui avaient confirmé les contacts qu'il avait eus avec la femme quelques heures avant sa mort. C'était la fin, pour lui. Et aussi pour sa famille, catapultée dans un cauchemar abominable auquel rien – ni l'argent, ni les appartements, ni les voitures de luxe – ne pourrait l'arracher.

« Vous connaissez déjà toute l'histoire.

— Des conneries ! » s'écria Denis en abattant son poing sur la table.

Il tira ensuite de sa poche les copies du registre de l'hôtel. Les noms « Chianese » et « Fornario » étaient surlignés en jaune.

« Vous avez séjourné là-bas en même temps au moins une fois l'année dernière ! Pourquoi tu ne l'as pas dit ? Tu protèges qui, bordel ? »

Chianese perdit brusquement son assurance. Tout tremblant, il chercha en vain une meilleure position sur sa chaise.

« Personne… je le jure », balbutia-t-il.

C'en fut trop pour Denis, qui bondit sur ses pieds, saisit l'homme par le col et le plaqua contre le mur.

« Et le type à la gorge brûlée, hein ? » siffla-t-il en cherchant dans la poche de sa veste la photo d'Ester devant le Rising Sun.

Il lâcha prise, et Chianese s'affaissa comme un matelas de camping, le souffle court. Puis il se mit à pleurnicher, le visage entre les mains. On entendait les rires des autres détenus, dehors.

« C'est lui qui t'a menacé ? Qui est-ce ? »

Chianese esquissa une réponse incompréhensible. Après avoir jeté un coup d'œil au judas, Denis s'empara de son flacon de Macallan et en fit avaler à l'homme une bonne gorgée.

« Je… je ne connais pas son nom. Tout est arrivé par hasard, une maudite coïncidence. Mais, avec Ester, tout semblait naturel.

— Sois plus explicite. »

Chianese but avidement au goulot. On aurait dit un condamné à mort satisfaisant son dernier désir.

« Il y a un an et demi. Ma femme et moi avions laissé les enfants à ma belle-sœur et nous étions allés dans cet hôtel qu'on nous avait conseillé pour nous détendre et passer un peu de temps ensemble. Nous traversions alors une mauvaise période, nous n'arrêtions pas de nous disputer. C'est là qu'est apparue Ester, cette créature mystérieuse et sensuelle : elle allumait tous les soirs un homme différent, et elle m'a moi aussi dragué… Le mois suivant, je suis retourné en Toscane tout seul sous un prétexte, j'avais un pressentiment, et de fait je l'ai retrouvée là. C'était le destin.

— Et le type à la gorge brûlée ?

— C'était un de ses amants. Une nuit, elle m'a invité dans sa suite. Il était tard, environ 4 heures du matin. J'ai frappé à la porte et découvert une scène absurde. Il y avait là une fille nue, défoncée, et deux hommes masqués. Ester tenait un fouet. Je ne savais pas quoi faire, mais elle m'a tiré par la chemise et m'a dit de me déshabiller, puis elle m'a offert une mixture qu'elle avait préparée… Sans m'en rendre compte, ou presque, je me suis retrouvé au milieu de ce monceau de corps, tandis qu'Ester riait. Putain, j'ai enfreint pour elle tous les tabous. »

Chianese n'avait pas retrouvé son courage : il semblait exalté par le souvenir de son passé, comme si le bouchon de cire qui écartait ses remords venait de sauter. Denis pensa au visage abîmé d'Ester Fornario, autrefois si beau, puis à celui de Laura, et il comprit.

« La seule chose dont je me souvienne, c'est la fille défoncée, qui est morte d'une overdose de cocaïne. Elle était moldave, ou quelque chose de ce genre. Elle n'avait pas de famille ou d'amis, je crois, et l'homme à la gorge brûlée a déclaré qu'il s'en occuperait.

— Bordel !

— Quand j'ai parlé de la police, il s'est énervé, tout comme l'autre type. Ils m'ont sauté dessus et menacé : ils tenaient des propos inquiétants. Ester était hébétée, et il m'a fallu encaisser cette histoire, puis essayer de l'oublier. Nous nous sommes revus ensuite, mais nous n'avons jamais évoqué cette nuit. Ester m'effrayait : je devinais qu'elle cachait derrière sa sensualité un univers trouble.

— Trouble comme le baisodrome de la tour ? »

Un instant, Chianese retrouva sa timidité. Tagliamonte et le préfet de police n'étaient pas aussi informés, et pourtant, avec le peu qu'ils savaient, ils l'avaient déjà coincé.

« Oui. Et l'appartement de la via Petrarca aussi… Ester y conduisait les individus dangereux, qu'elle refusait de faire entrer chez elle. Elle s'y présentait en pleine nuit et jouait avec eux jusqu'à l'aube. »

Denis avala à son tour une gorgée de Macallan. C'était plus qu'une piste : les choses commençaient *vraiment* à s'éclaircir.

« Ce matin-là, c'est toi qui m'épiais, dans cet appartement ?

— Non, je le jure ! Je n'y suis jamais entré. Ester m'invitait dans la tour, elle disait qu'elle avait confiance en moi… Mais, plus les mois passaient, plus elle me faisait peur : elle était attirée par la violence, elle voulait se livrer à des jeux dangereux. Un jour, je lui ai demandé si elle fréquentait encore l'homme à la gorge brûlée, et elle a acquiescé. J'ai donc décidé de m'éloigner. Je ne lui ai plus reparlé jusqu'au soir qui a précédé sa mort. »

L'horloge indiquait que trois quarts d'heure s'étaient écoulés. Denis alluma une Rothmans et se rassit. Il plongea les yeux dans ceux de Chianese.

« Et les Nike dans ta voiture ? Pourquoi tu n'as pas tout raconté au préfet de police ?

— Ces chaussures ne m'appartiennent pas, je l'ai déjà répété un milliard de fois. Après la mort d'Ester, j'ai reçu un appel. C'était lui. Il savait tout sur moi, comme s'il m'avait espionné ou filé pendant des mois. Il m'a dit de l'oublier, quoi qu'il arrive, d'oublier cette nuit, l'appartement de la via Petrarca et même les jeux sadomasos avec Ester. Sinon ma femme et mes enfants connaîtraient le même sort qu'elle, mais en beaucoup plus douloureux… »

Denis était si distrait qu'il n'essaya même pas de réconforter le malheureux. Il réunissait les pièces du puzzle : l'hôtel, la tête fracassée d'Ester, les mensonges de Chianese. La clé, c'était le type à la gorge brûlée. La photo sur laquelle ce fumier dissimulait son visage, ainsi que le registre de l'hôtel et l'empreinte digitale sur la carte mémoire suffisaient à renverser l'affaire.

Et à faire libérer le pauvre Chianese. En fin de compte, il avait déjà assez souffert.

Denis rangea le registre dans sa poche et frappa à la porte : l'heure était venue de tout révéler au chef, au substitut et au préfet de police. L'heure était venue de jouer collectif. « Résiste encore une journée, Chianese. Tu es un connard, mais je vais te sortir d'ici. Il suffit que tu ne dises rien à personne jusqu'à mon retour. »

14

Chianese avait juré que les Nike ne lui appartenaient pas. Et Denis le croyait. Mais cela signifiait qu'il y avait derrière tout ce bordel des gens puissants, des gens *dangereux*. Capables de vous coincer en dissimulant des indices chez vous, de vous filer et de vous envoyer dans le décor, ou de vous griller en rouvrant de vieilles blessures judiciaires.

« Putain… », murmura-t-il.

Il éteignit la stéréo et fonça vers le centre de Naples à la recherche d'une cabine téléphonique. Au bout de onze sonneries, le répondeur se déclencha et il laissa un message à son chef. Il lui annonça qu'il avait des nouvelles importantes qui requéraient sa présence à Naples.

Une fois au commissariat, il salua Teresa et lui fit comprendre que son aide n'avait pas été vaine. Il s'enferma dans son bureau, poussa la climatisation à fond et estima qu'il disposait de trois ou quatre heures avant le retour de Lettieri à la base. Il pouvait les employer pour cuisiner le concierge de la via Petrarca : le fils de pute lui avait menti. Étant donné qu'Ester se rendait toutes les nuits à l'appartement, il l'avait forcément vue. C'est alors que le registre de l'hôtel lui revint à l'esprit et il décida de s'y consacrer. Il l'examina à fond : environ quatre-vingts noms se croisaient avec celui d'Ester Fornario durant ses divers séjours au Rising Sun. Il était possible d'en écarter la moitié et d'en conserver une trentaine. Trente noms, ce n'est rien pour démasquer un assassin.

Il brûlait, il le sentait : il coincerait le meurtrier, songea-t-il en gagnant la porte d'entrée.

« Où vas-tu, Carbone ? »

Finamore était apparu dans le couloir. Il enfilait sa veste d'été.

« Chez moi.

— Dans ce cas, dépose-moi. Ma bagnole est en panne. »

Sur le banc, deux personnes s'apprêtaient à porter plainte auprès du flic de service. Denis caressa la tête de Teresa et lui adressa un clin d'œil. Il se sentait joyeux, ce qui ne lui arrivait pas souvent. Il lui murmura même à l'oreille une pique à propos du commissaire adjoint.

« À mon avis, il a vendu sa caisse à cause des machines à sous. »

Puis il fut dans la rue.

Naples s'achevait à un moment donné. Tout le monde ne le remarquait pas, et pourtant c'était le cas. L'immense étendue d'immeubles, la mégalopole de béton, autos, voituriers illégaux, contrebandiers, bureaux, officines de paris, parkings et centres commerciaux s'effaçaient.

Cela se produisait à la limite des quartiers ouest, où les épouvantables voies de dégagement déversaient immigrés et touristes sexuels entre Lago Patria et les campagnes de Castel Volturno. Le vacarme de la métropole laissait alors la place à la désolation de la terre dévastée, au silence de cette blessure entre mer et côtes.

Denis chercha une radio de jazz, puis accéléra et s'engagea sur une route terreuse. Finamore vivait dans le même coin que lui : il le regarda lire les cotes des paris sportifs, vautré sur le siège du passager, et il sourit. Au fond, c'était un flic, lui aussi, mais d'un autre genre.

« Ce joueur de tennis, Nadal, on le donne toujours à un contre dix.

— Quoi ?

— Tu ne suis même pas le tournoi ?

— Pas tellement, répondit Denis, distrait.

— Ce connard-là gagne tout le temps. On donne son adversaire à neuf… Disons que je parie mille euros pour en gagner mille cent, et que ce type se dispute avec sa fiancée ou se présente sur le court avec des crampes et perd pour la première fois. Le fils de pute qui aura misé vingt euros remportera beaucoup plus que ma mise.

— Les paris sont tous truqués, Finamore. Il n'y a pas de raccourcis pour gagner. »

Mais le commissaire adjoint était absorbé dans ses réflexions, il continuait de compter mentalement et de répéter « Un contre dix, un contre dix ».

Denis alluma une cigarette. En pleine campagne, il remarqua dans le rétroviseur les phares d'une voiture, deux cents mètres plus loin. Il n'y prêta pas attention au début, puis il comprit qu'on le suivait.

« Putain, on y est ! » pesta-t-il.

Finamore baissa son journal et lui lança un regard incrédule.

« Que se passe-t-il ?

— Tu es armé ? » interrogea Denis en éteignant la lumière.

Le commissaire adjoint blêmit.

« Oui…

— Alors assure-toi que ton arme est chargée. On a de la visite. »

Ils roulaient à présent entre des champs cultivés et des décharges illégales. Tandis que l'Alfa Romeo se rapprochait, Denis envisagea mille hypothèses, entre le meurtre d'Ester Fornario et son entrevue avec Chianese en prison. Une chose était certaine : les deux automobilistes étaient les salopards qui avaient tenté de l'envoyer dans le décor quelques jours plus tôt. Il accéléra davantage. En vain : l'Alfa tamponna sa voiture, qui cahota.

« Bordel de merde ! s'exclama Finamore.

— Je vais les obliger à nous dépasser. N'hésite pas une seconde. Dès qu'ils seront à portée de tir, vide ton chargeur. »

Il y eut un nouveau choc à l'arrière. Denis s'écarta et ralentit brusquement. Quand le nez de l'Alfa fut assez proche, Finamore se pencha à l'extérieur et visa les pneus. Il tira cinq coups, touchant le coffre et l'un des phares.

« Vise leurs têtes, putain ! » hurla Denis.

Finamore transpirait. Les coups de feu volaient, et il n'était plus habitué à tirer. Peut-être n'avait-il jamais participé à un véritable affrontement armé.

Lorsque le chargeur fut vide, l'Alfa retourna à l'attaque. Denis parvint à distinguer les silhouettes des deux hommes et leurs visages cagoulés. Finamore rechargeait lentement son pistolet. Denis freina de nouveau et empoigna son Beretta. Mais cette fois le piège fut inefficace : l'Alfa fonça sur eux à toute vitesse. Le coup de fouet les plia en deux et le choc les projeta contre le pare-brise. La voiture échoua dans le fossé. Catapulté à l'extérieur, Finamore s'écrasa contre un muret de pierre, où son corps se fracassa. Denis lutta pour garder les yeux ouverts. La dernière image qu'il vit fut celle des lumières, sur la côte, qui s'atténuaient à l'horizon.

Des serpents.

Des sifflements de serpents.

Denis ignorait combien de temps il avait perdu connaissance. Les voix des deux hommes évoquaient des bruissements de reptiles au milieu des broussailles. Comprenant qu'ils s'approchaient, il essaya de se libérer. En vain : il était encastré entre les tôles. Il porta la main à son pistolet et constata qu'il n'était plus à sa place. L'impact l'avait sans doute projeté hors de l'habitacle. Voyant que la voiture fumait, il fut saisi de panique. Une torche surgit entre les branches, puis la voix d'un homme retentit : « Il est là. »

Ses sensations se confirmèrent : ils se déplaçaient comme des militaires. Ils s'approchèrent de la carcasse, éclairèrent son visage et lui tâtèrent le cou à la recherche de son pouls.

La peur lui donna envie de vomir. Il parvint à mordre l'avant-bras d'un des deux et à marmonner quelques mots.

« Bordel, qui vous êtes ? Qui vous envoie ? »

La seule réponse qu'il obtint fut une légère gifle sur le front. Le type qu'il avait mordu à l'avant-bras ôta son gant et retroussa sa manche en se massant. Denis remarqua qu'il portait sur le coude un tatouage angoissant. Une croix formée de mille petits visages humains qui, à mieux y regarder, appartenaient à des enfants. Pendant que son acolyte récupérait son pistolet réglementaire et celui de Finamore pour les fourrer dans un sac, l'homme tira de sa poche une bouteille de cognac et une seringue hypodermique. Il aspira dix bons centilitres de liquide et maintint la tête de Denis pendant que l'aiguille pénétrait dans sa carotide.

« Bonne nuit, sale con… », fut la dernière phrase que Denis entendit.

Une décharge incroyable lui monta du cœur au cerveau. Son corps devint léger, tandis que les deux hommes s'éloignaient. Ses yeux se perdirent une nouvelle fois dans le noir de la nuit, puis dans le blanc de quelque chose d'autre.

DEUXIÈME PARTIE

1

Le téléphone sonna deux fois.

Maurizio Albano courut répondre. Il pensait que c'était le ministère : son équipe et lui donnaient la chasse à un fugitif depuis plus de deux ans, et l'étau se resserrait. Ils avaient repéré, à l'ouest de Bénévent, un village composé d'une trentaine de maisons. Un bled perdu, une cachette parfaite. C'était maintenant une question de jours, et le ministère de l'Intérieur se tenait sans cesse au courant pour s'attribuer les mérites éventuels de la capture. Une odeur d'élection flottait dans l'air.

Albano s'entretint avec son interlocuteur pendant moins d'une minute, se contentant surtout d'acquiescer. Après quoi il quitta son fauteuil et lissa sa veste. Ses pas résonnaient dans la pièce. Il avait beau s'entraîner chaque jour, sa taille de géant lui donnait une démarche maladroite. Il alluma une cigarette, puis rejoignit sa femme à l'autre extrémité de l'appartement, dans la cuisine.

« J'ai une chose à te dire », commença-t-il.

Laura feuilletait distraitement une revue de potins. La pâte à pizza levait, il lui faudrait encore une demi-heure avant d'être prête. Sur la table en marbre se trouvaient son téléphone portable, la sauce tomate et la mozzarella en dés.

« Je viens de recevoir un appel de Naples, du commissariat central… »

D'instinct, Laura porta la main à son portable.

« Ton ex, Denis Carbone. »

Albano connaissait Denis Carbone, il l'avait vu deux ou trois fois, il était au courant de sa liaison avec Laura, cependant il ignorait tout de ses surveillances nocturnes, des photos et des vols incessants de courrier. Laura ne lui avait rien dit ; au fond, elle avait encore de l'affection pour Denis. Ou peut-être pour cette partie déjantée et amusante de sa vie. Denis Carbone avait été et était un risque-tout, un type insupportable, mais il savait la faire rire. Elle pensait à lui parfois, ainsi qu'on repense aux épisodes fous de l'adolescence.

« Que s'est-il passé ?

— On l'a retrouvé… à Castel Volturno, au fond d'un fossé. Sa voiture est pulvérisée.

— Il est en vie ? »

Étrangement, elle ne parvenait pas à déglutir. Elle tourna le visage vers la mer Tyrrhénienne, à travers la vitre. Puis elle se leva et alla s'enfermer dans la salle de bains.

Albano l'entendit sangloter. Il regagna le salon et se regarda dans la glace. Une réunion nocturne l'attendait, il n'avait pas de temps à perdre. Il enfila un maillot de corps propre et, selon son habitude, boutonna sa chemise jusqu'au cou, dissimulant l'horrible brûlure qu'il avait à la base de la gorge.

Teresa et le chef se trouvaient encore à la morgue, comme s'ils étaient chargés de reconnaître le cadavre d'un membre de leur famille, ou d'éloigner les journalistes et autres fouineurs. Apparemment inquiet, Lettieri jouait avec sa moustache et allumait cigarette sur cigarette. Teresa pleurait, malgré les tentatives de réconfort du docteur Mort, que certains employés du commissariat de Pausilippe considéraient comme l'un des leurs.

Chacun d'eux se reprochait en son for intérieur de ne pas avoir été assez efficace, de ne pas avoir agi à temps. Certes, c'était un fils de pute, perdu entre des rêves absurdes et des journées gaspillées, mais c'était *leur* fils de pute. Et personne ne le remplacerait.

Vers 11 heures, Teresa s'éloigna et remonta dans le service. Elle frappa à la porte et constata que l'infirmière était passée dans la chambre pour nettoyer le cathéter et vérifier la perfusion.

Ç'avait été trois jours d'enfer : au début, les médecins refusaient de se prononcer et, au commissariat central, on évoquait déjà un second mort. Puis il s'était réveillé, et Teresa avait cru assister à un miracle. Il avait des difficultés à s'exprimer, mais il remuait les bras et avait immédiatement demandé à boire. Typique de Denis Carbone.

« Le corbillard est arrivé.

— C'est moi… moi qui aurais dû y être.

— Ce n'est pas ta faute, Denis.

— Si, ça l'est. »

Une fois ressaisi, il avait tenu à contacter Amitrano. Les hommes de son frère faisaient du bon travail, ils suivaient le chef jour et nuit. Sur les suggestions d'on ne savait qui, la commission d'enquête parlementaire avait décidé de se concentrer sur Lettieri, le retenant à Rome comme un chien à la laisse. Pour tout arranger, le ministère public avait ouvert un dossier interne sur l'affaire Fornario. On voulait inculper le commissaire parce qu'il avait laissé carte blanche à Denis sans interpeller au préalable le substitut du procureur, ni l'informer des enquêtes en cours. Denis se sentait coupable, et pourtant il ne pouvait pas encore *tout* lui avouer.

Le chef lui avait rendu une première visite, accompagné malgré lui du préfet de police et de Tagliamonte qui souhaitaient connaître tous les détails, réunir les indices permettant d'établir l'identité des deux assassins.

« On les coincera, les fils de pute. Je ne m'arrêterai pas avant de les avoir trouvés ! » avait rugi le préfet de police.

Denis l'avait dévisagé, allongé dans son lit, au service des soins intensifs de l'hôpital Cardarelli. Il était flatté, mais blasé. L'affaire s'était trop embrouillée. Les types qui lui avaient injecté tout ce cognac dans les veines étaient bien entraînés : ils savaient que Denis était un alcoolique et ils entendaient simuler un accident provoqué par une cuite colossale. Or son foie avait réagi au coma éthylique en un dernier sursaut de fierté. Puis deux passants avaient remarqué la voiture en miettes et contacté immédiatement la police.

« Quand on t'a amené ici, j'ai pensé un instant : voilà, c'est terminé. Les médecins étaient persuadés que tu ne t'en tirerais pas. Je n'arrivais pas à imaginer la vie sans toi.

— Teresa…

— Je sais, tu me l'as déjà dit mille fois, quand on est flic on n'a pas de vie privée. Si nous nous étions rencontrés avant, peut-être…

— Ça n'aurait peut-être rien changé. Mais nous pourrions être amis. »

Entre la piqûre et le réveil, il avait effectué un long voyage dans le noir, cependant son esprit avait acquis en lucidité. Comme chaque fois qu'il avait vu la mort de près, son indifférence s'était momentanément évanouie.

« Des amis ? Ça signifie que tu ne viendras plus sonner chez moi la nuit ?

— Ça, je ne peux pas te le promettre... »

Teresa sourit. Elle le regarda gratter sa barbe poivre et sel, s'installer plus confortablement sur les oreillers. Elle hésita un instant avant de déclarer : « Le chef a reçu une autre nouvelle. Il m'avait demandé de ne pas te l'annoncer tout de suite.

— Ça a un rapport avec l'enquête ? »

Elle acquiesça.

« L'homme que vous avez arrêté, Chianese. On l'a retrouvé cette nuit dans sa cellule. Il s'est pendu. »

Denis ferma les yeux dans l'espoir de disparaître de nouveau. Ce cauchemar semblait ne devoir jamais prendre fin. Quand il les rouvrit, il comprit qu'il n'avait pas le choix. Ces types étaient également arrivés jusqu'à lui, ils pouvaient arriver jusqu'à n'importe qui.

« C'est ce qu'on veut nous faire croire, Teresa. Il ne s'est pas suicidé, bordel... On l'a tué. »

2

Tout s'était passé trop vite, avec la frénésie d'un repas de fête organisé au dernier moment et à contrecœur. Les obsèques de Finamore, qui n'avait personne, à l'exception d'une vieille mère cinglée et de deux connaissances du bureau de paris ; mais aussi celles de Chianese, traqué comme un chien et tué comme un chien par des individus qui entendaient dissimuler la vérité à tout prix.

La veuve de l'ingénieur était l'incarnation de la désolation. Le médecin avait autorisé Denis à assister à l'enterrement à condition qu'il fût dans un fauteuil roulant et accompagné d'une infirmière. Ballotté sur les pavés du cimetière de Poggioreale, il se sentait vieux – vieux et coupable. S'il n'avait pas autant remué les eaux, les assassins ne seraient peut-être pas arrivés jusqu'à Chianese. De toute évidence, c'étaient les mêmes que ceux qui avaient tué Finamore. Et il n'existait qu'une solution : les démasquer.

Denis n'avait osé s'approcher ni de la veuve ni de ses enfants. Il s'était contenté de regarder Tagliamonte, les journalistes et même le Sri Lankais, sombres et faussement gênés, défiler en procession sur la placette.

Puis il avait réfléchi : Ester Fornario adorait les petits jeux. Elle ne fréquentait certainement pas l'hôtel de Toscane pour s'amuser toute seule. Elle y draguait ses amants et organisait des partouses où certains de ses partenaires perdaient la vie, comme la Moldave défoncée à la cocaïne. Le type à la gorge brûlée l'avait fait disparaître avec l'aide d'un complice. Puis, comprenant que Chianese était le maillon faible de la chaîne, il l'avait menacé de mort, le terrorisant au point de l'obliger à mentir, au risque d'être inculpé.

Ce devait être un homme habile et puissant : il avait réussi à falsifier les preuves en introduisant les Nike chez Chianese, à atteindre Denis plus d'une fois et à mettre des bâtons dans les roues de Lettieri. Qui étaient les deux automobilistes ? Et comment connaissaient-ils les détails de l'enquête au point de la devancer ? Ils appartenaient probablement aux services secrets, ou avaient des indics très efficaces. En tout cas, ils étaient dangereux, conclut Denis.

Plusieurs points lui échappaient encore : pourquoi Ester avait-elle caché les cartes mémoire ? Et surtout pourquoi avait-elle écarté certains amants du baisodrome situé dans la tour ? Peut-être avait-elle peur et se méfiait-elle. Mais dans ce cas pourquoi ne s'était-elle pas éloignée du type à la gorge brûlée ?

C'était un maudit imbroglio, où identités, rôles et acteurs ne cessaient de changer, empêchant Denis de s'orienter.

C'était un jeu angoissant, plus laid que les cyprès malades qui bordaient les allées de Poggioreale.

Le chef de service laissa Denis sortir de l'hôpital deux jours plus tard. Grâce à une dialyse complète, son taux de transaminases avait baissé. Son foie était en mauvais état et son estomac tourmenté par un ulcère : voilà ce qui expliquait brûlures et nausées. Par miracle, les reins n'étaient pas abîmés. Le médecin lui remit une boîte de pilules et lui interdit l'absorption d'alcool, il l'envoya aussi chez un nutritionniste et un thérapeute ; enfin, il lui prescrivit une visite de contrôle hebdomadaire. S'il ne voulait pas mourir avant l'âge de quarante-cinq ans, lui dit-il, il avait intérêt à changer radicalement de mode de vie. Denis réfléchit et hocha la tête.

Une fois dehors, il se dirigea vers le métro en s'interrogeant sur la meilleure façon de rentrer chez lui. Sa voiture avait été détruite dans l'accident et la carcasse confisquée par les carabiniers et l'expertise. Seul point positif, son mal de tête chronique s'était envolé. Alors qu'il descendait du trottoir, une voiture s'arrêta en klaxonnant à quelques mètres de lui. C'était Teresa.

« On m'a dit à l'hôpital que tu étais parti à pied. J'étais venue te chercher.

— Il faut que je rentre chez moi.

— Je suis en vacances et je dois te parler. Monte. »

Denis soupira et obtempéra. Il avait perdu quatre kilos depuis la nuit de l'accident et se sentait faible. Mais en vertu d'une étrange alchimie, il paraissait rajeuni.

« En attendant, ces trucs-là t'appartiennent… » Elle lui tendit un sac en plastique transparent qui renfermait ses effets personnels récupérés dans la boîte à gants de sa voiture avant qu'elle soit confisquée.

« Si c'est pour l'autre jour, quand j'ai parlé d'amitié entre nous, je ne voulais pas… », commença Denis en allumant une Rothmans.

Teresa l'arrêta d'un geste de la main.

« Non, ce n'est pas pour ça. Je t'ai dit que j'avais un copain informaticien. Pendant que tu étais à l'hôpital, je lui ai confié les cartes mémoire. Elles contenaient des fichiers cachés, il a trouvé quelque chose.

— Des fichiers ?

— Allons chez moi, je vais te les montrer. »

Teresa descendit la via Pigna, traversa le quartier de Soccavo et atteignit Fuorigrotta. Une fois entré dans l'appartement, Denis se précipita d'instinct vers le bar. Il eut besoin de toute sa force de volonté pour réprimer le désir de se verser un Macallan : il y avait là une bouteille de son whisky préféré, achetée quelques semaines plus tôt à son intention.

Teresa posa ses clés sur la table et s'assit à son ordinateur.

« Comme je te le disais, la plupart des fichiers étaient endommagés, certains ont été écrasés plusieurs fois. Mais mon copain a réussi à isoler un bout de vidéo qui dure plus ou moins cinq minutes. »

Elle actionna le lecteur et s'écarta, laissant Denis juger de ses propres yeux. La séquence s'ouvrait sur un plan fixe : un intérieur. Denis fut secoué par une décharge d'adrénaline : il connaissait cet endroit, c'était l'appartement de la via Petrarca.

Plusieurs objets étaient éparpillés par terre : un sac, une bouteille d'eau, des cordes, des accessoires sadomasos en PVC, un fouet, des vibromasseurs de diverses formes, des pinces pour mamelons et du ruban adhésif. Un peu plus loin, on voyait une partie de la salle de bains et Ester Fornario, bâillonnée et ficelée aux W.-C. dans une pose qui n'avait rien de naturel.

Soudain un individu saisissait la caméra vidéo et, la tenant d'une main, rejoignait la femme. Il se mettait à lui palper le visage et les oreilles, suscitant chez elle de faibles gémissements de plaisir. Puis, d'un geste sec, il lui arrachait son bâillon et l'attrapait par les cheveux.

« Tire plus fort ! » lançait-elle.

Denis fut troublé. Il perçut pour la première fois la complaisance d'Ester, son choix réfléchi de s'engager sur le sentier de l'autodestruction.

« Tire ! » répétait-elle.

La main faisait pivoter la caméra vidéo, qui montrait la chute d'un pantalon, ainsi qu'un énorme pénis en érection se rapprochant de la bouche de la femme. À en juger par la hauteur de la prise de vue et par ses pieds, chaussés de Nike d'une pointure supérieure à du 47, l'homme était très grand.

« Enlève-moi ça, je ne résiste pas », le suppliait Ester.

Il tirait de sa poche un couteau et, le portant à la gorge de la femme, tranchait rapidement les cordes qui l'immobilisaient. Elle lui sautait littéralement dessus, et ils commençaient à s'embrasser et à se frotter l'un contre l'autre. Soudain la caméra échappait à l'homme et tombait par terre. Il riait pendant qu'Ester lui susurrait une phrase qui disait plus ou moins : « Ah, c'est mieux que de retourner dans sa patrie, hein ? »

Denis transpirait de plus en plus. Puis il sursauta : l'homme reprenait la caméra, qui s'élevait et se mettait à flotter dans la pièce, montrant un gros miroir doté d'un vieux cadre au-dessus d'un lavabo. Il s'y appuyait de tout son poids et passait la main dessus. Denis ne se souvenait pas d'avoir vu ce miroir dans l'appartement. Et ce n'était pas le seul détail étrange : derrière la caméra, se tenait un individu masqué à la gorge sillonnée par la cicatrice d'une horrible brûlure.

C'était lui.

C'était l'homme qu'il cherchait.

3

« Bordel ! » s'exclama Denis.

La vidéo s'interrompait au meilleur moment ; néanmoins, il possédait déjà toutes les informations nécessaires.

Il se maudit de ne pas y avoir pensé plus tôt. C'était plus qu'une intuition : c'était presque une certitude.

« Teresa, j'ai besoin que tu m'accompagnes quelque part.

— Où ?

— À Pausilippe. Via Petrarca. »

Ester utilisait cet appartement comme baisodrome de réserve pour recevoir les individus dangereux qu'elle préférait ne pas accueillir chez elle. Denis se rappela y avoir pensé aussitôt après son dernier entretien avec Chianese. Mais, à présent, les choses étaient différentes : il y avait une vidéo, et cette vidéo montrait des objets qu'on avait certainement apportés dans l'immeuble. Impossible donc de passer inaperçu, même en pleine nuit. Le concierge lui avait menti : il possédait sûrement des informations importantes.

« Monte par cette ruelle », ordonna-t-il, à la hauteur du grand virage panoramique où des cars de touristes s'arrêtaient à toutes les heures, troublant aussi bien le calme que la vue.

Teresa lui lança un regard soucieux, que Denis ne rcmarqua pas. Il descendit précipitamment de voiture et s'aperçut qu'il n'était pas armé. Il pénétra dans la loge du concierge, qu'il trouva en pleine discussion avec un copropriétaire.

« Dégage ! »

Sans que l'homme comprenne quoi que ce soit, Denis le poussa dehors énergiquement et referma la porte derrière lui. Dans la voiture, Teresa pouvait suivre à travers la vitre ses mouvements nerveux.

« Qu'est-ce que vous voulez ? demanda le concierge, qui paraissait tout petit.

— Tu le sais très bien. Putain, pourquoi tu m'as menti ?

— Je vous l'ai déjà dit, inspecteur. L'appartement est vide depuis des années.

— Des conneries ! Tu as vu Ester Fornario entrer ici avec son type ! Combien de fois ? Et qu'est-ce qu'ils t'ont dit, bordel ? » hurla-t-il.

Le concierge essaya de gagner du temps. Il s'assit à sa table, mais Denis l'attrapa par le bras et le souleva de toutes ses forces. Puis il avisa un énorme annuaire du téléphone et s'en servit pour le frapper à l'estomac. Sans lui laisser la possibilité de reprendre son souffle, il le projeta par terre, le bourra de coups de pied et pressa le dossier de la chaise renversée sur sa gorge.

« Une femme est morte. Et deux hommes aussi. Si tu ne m'avais pas dit toutes ces conneries, j'aurais pu l'empêcher. Mais, je le jure sur Dieu, si tu continues à me casser les couilles, tu seras le suivant ! »

Le visage de l'homme vira au rouge, puis au bleu ;

le souffle coupé, il essaya de se libérer de la chaise. Mais Denis lui plaqua l'avant-bras au sol à l'aide de son pied et attendit qu'il fût au bord de l'évanouissement pour lâcher prise.

« J'écoute », dit-il.

Dans la voiture, Teresa avait détourné les yeux. Le copropriétaire était pétrifié. Denis lui montra sa carte de police à travers la baie vitrée. Une petite foule s'était assemblée à l'entrée de l'immeuble ; quelques femmes étaient penchées à leur balcon, au deuxième étage.

« Je ne voulais pas me mettre dans le pétrin… Et puis j'ai reçu un méchant coup de fil. J'ai eu peur », balbutia l'homme.

Denis sursauta. Il était arrivé la même chose à Chianese.

« De quoi ?

— De finir comme la femme. Un jour, elle est venue me voir et m'a demandé s'il y avait dans l'immeuble un appartement libre à utiliser de temps en temps, la nuit. J'avais les clés de celui-là et j'ai pensé en profiter. Vous savez, il était vide depuis des années, personne n'y entrait jamais. Je me suis dit que je gagnerais facilement un peu d'argent en cachette…

— Et puis ?

— Ça a duré un an. Elle payait le loyer en espèces et amenait des hommes dans l'appartement. Au bout d'un moment, des trucs bizarres se sont produits… Un de ses amis a commencé à venir seul et à se mettre à la fenêtre, tout nu, en pleine nuit. J'ai pensé qu'elle le regardait de chez elle avec une longue-vue ou quelque chose de ce genre.

— C'était lui ? » interrogea Denis en brandissant

la photo où l'homme se cachait le visage derrière sa main.

Le concierge hocha la tête.

« C'est possible. Il était… massif. Je ne l'ai vu de près qu'une seule fois, environ vingt jours avant qu'elle meure. Un miroir s'était cassé dans l'appartement, et ils m'ont demandé de le remplacer. C'était un vieux miroir dans un cadre doré. Puis j'ai appris que la femme avait été tuée et j'ai reçu le coup de fil : c'était *lui*, il m'a dit de tout oublier et m'a menacé une nouvelle fois.

— Une nouvelle fois ? Comment ça ? »

Le concierge se raidit.

« Il l'avait déjà fait à cause du miroir. En réalité, ils m'avaient demandé de le remplacer immédiatement et m'avaient avancé trois cents euros dans ce but. Mais je n'arrivais pas à dénicher un artisan, à cause du cadre, j'ai donc perdu beaucoup de temps et le type s'est énervé… J'ai fini par en acheter un neuf chez Ikea, et ils s'en sont contentés : ils en avaient besoin pour leurs petits jeux sans doute… »

Denis était intrigué. Dans la vidéo, l'homme posait la main aussi bien sur la glace que sur le cadre. C'était une hypothèse absurde, et pourtant elle correspondait parfaitement avec tout ce bordel.

« Qu'est devenu le vieux miroir ? »

Le concierge hésita de nouveau, mais cette fois Denis comprit qu'il pouvait l'encourager : il le tenait dans son poing.

« Je jure que cette affaire restera entre nous. Opinions des copropriétaires mises à part », affirma-t-il avec un rire.

L'homme eut une grimace hystérique, puis indiqua la porte qui menait à son habitation.

« Je l'ai gardé. Je pensais le revendre et en tirer quelque chose, mais j'ignore à qui le fourguer. »

Le ciel se couvrit pour la seconde fois en l'espace de quelques jours. La chaleur et le silence dominaient Pausilippe, qui semblait déborder de malaise. Denis avait travaillé dans ce quartier et il y avait même vécu un moment. Les riches y grandissaient et profitaient de leur argent, puis ils mouraient, tués par leurs trop nombreux vices. Et les mensonges s'accumulaient, voilant la vérité. Ces lieux étaient réfractaires à la vérité et peut-être même à la justice.

« Le voici… », dit l'homme en indiquant un coin du débarras.

Denis alluma la lumière et examina le cadre. Comme il l'avait espéré, il était brillant et métallique. Le concierge avait même conservé dans une enveloppe les morceaux du miroir.

« J'achète tout, dit Denis en tirant de son portefeuille le dernier billet de cent euros de son salaire. Tu as fini par la faire, ton affaire… »

L'homme saisit l'argent avec satisfaction avant de porter la main à sa gorge douloureuse. Des bleus commençaient à y apparaître.

« Et qu'est-ce que je vais dire aux copropriétaires ? interrogea-t-il en souriant, comme frappé par le syndrome de Stockholm.

— Que je suis un nouveau locataire et que tu n'avais pas bien nettoyé l'escalier. »

4

En voiture, Teresa ne desserra guère les dents. Denis le savait, il avait exagéré, mais il ne parvenait pas à trouver de formule efficace pour se justifier. Il garda le silence jusqu'à son domicile.

« Assieds-toi où tu veux », dit-il.

Teresa était gênée. C'était la première fois qu'elle pénétrait chez lui.

Elle s'attendait à du désordre, à une cuisine débordant de bouteilles vides, à des vêtements éparpillés dans le couloir. Elle fut surprise par le bouquet de fleurs fanées sur la table basse, près de la baie vitrée donnant sur le lac, et par la petite bibliothèque : Bukowski, *Moby Dick*, Henry Miller, ainsi qu'une poignée de romans policiers. Au-dessus, trônaient une photo de Laura et une carte postale montrant un tennisman : « Au petit Denis, avec ma sympathie, Björn Borg. »

Denis rangea les cartes mémoire dans un tiroir et sortit d'un dossier les informations qu'il avait accumulées au sujet d'Ester Fornario avant son accident. Après quoi, il s'empara du kit destiné aux empreintes digitales, enfila une paire de gants, et installa le cadre et le miroir sur la table.

« Tu m'expliques ? demanda Teresa.

— C'est compliqué… disons que le fils de pute qui a assassiné Ester et celui qui a fait tuer Finamore sont la seule et même personne. Et si je trouve ses empreintes ici, il est foutu.

— Comment ça ? »

Denis soupira, chercha une Rothmans dans sa poche et l'alluma. Il la tendit ensuite à Teresa et en prit une autre pour lui.

« Ester s'était aménagé un baisodrome dans la tour de sa villa, ce que personne, ou presque, ne savait. C'est là que j'ai trouvé les cartes mémoire. Je ne veux pas avancer d'hypothèses concernant le mobile, mais si les empreintes correspondent, c'étaient les cartes mémoire que le type cherchait, j'en mets ma tête à couper.

— Et pourquoi ? Il n'y avait rien…

— Il l'ignorait. Et tu oublies la vidéo. Sa femme, ou quelqu'un d'autre, aurait pu le reconnaître… »

Teresa éteignit sa cigarette dans le cendrier et Denis se mit au travail.

Il commença par examiner le miroir, puis il se concentra sur le cadre. Il lui sembla distinguer une empreinte assez lisible sur le coin supérieur. À l'endroit même où le type s'était appuyé dans la vidéo : un coup de chance. Il souffla sur la poudre noire et y appliqua un bout de ruban adhésif qu'il fixa aussitôt sur le petit carton blanc. Il répéta la même opération sur deux autres empreintes avec davantage de succès : celle du pouce de la main gauche, qu'il avait relevée sur la carte mémoire noire.

Il compara pendant une bonne demi-heure les sillons et les crêtes des deux empreintes, tandis que

Teresa s'employait à ranger l'appartement et à préparer quelque chose à manger.

Deux points paraissaient correspondre parfaitement. Mais une seconde vérification lui apprit qu'il n'en était rien. L'un était de forme ovale, et l'autre ronde, ce qui offrait une marge de probabilité trop faible.

« Merde ! » s'exclama-t-il.

Ce n'étaient pas les mêmes doigts et ce n'était pas la même personne. Quelqu'un d'autre avait touché ces cartes mémoire, un individu étranger à l'affaire, peut-être. Mais, dans ce cas, pourquoi les cacher ? Et qui les avait saisies pour la dernière fois en y laissant cette empreinte ? Chaque question irrésolue en soulevait une autre.

Teresa rejoignit Denis à la table avec deux assiettes de pâtes et des couverts.

« Il est temps d'appeler le chef, affirma-t-il avec un soupir.

— Pour lui dire quoi ?

— Pour lui présenter mes excuses. Et je devrais te les présenter à toi aussi. »

Teresa ouvrait la bouche pour engloutir une fourchette de pâtes. Il lui bloqua la main.

« Je suis sérieux : pardonne-moi. »

Il était épuisé, il avait envie d'abandonner l'affaire, mais il ne pouvait pas : il avait trop de morts à venger.

Sans doute émue, Teresa eut un mouvement brusque. Elle s'approcha, lui prit la tête entre ses mains et l'embrassa. Quoique peu convaincu, Denis n'opposa pas de résistance.

« Qu'est-ce que tu espères ? Tu sais bien que je ne peux pas être celui que tu cherches... »

Ils échouèrent peu après sur le lit en désordre. Ils

firent l'amour tristement, comme s'il s'agissait d'un adieu. C'en était un. Et Teresa le savait mieux que Denis.

Quand la nuit tomba, ils fumaient, allongés côte à côte. À travers les fenêtres de la pièce, on ne voyait que deux ou trois bateaux de braconniers jetant leurs filets.

« Bah, ce n'est pas mal, pour une nuit à Lago Patria », déclara Teresa avec un sourire.

Denis fronça légèrement les lèvres. Quelque chose l'avait frappé, une indication, une idée qui se frayait un chemin dans sa conscience. Où avait-il entendu cette phrase ?

Ah, c'est mieux que de retourner dans sa patrie, hein ?

Voilà : tels étaient les mots qu'Ester avait adressés au type dans la vidéo.

En les entendant, il les avait jugés étranges, incompréhensibles. Mais quelque chose lui disait maintenant qu'il se trompait.

« Putain ! s'exclama-t-il en se levant.

— Qu'y a-t-il encore ?

— La phrase, Teresa… il faut qu'on retourne chez toi.

— Quelle phrase ? »

Mais Denis se rhabillait déjà au salon.

Ils sautèrent en voiture. Denis prit le volant et roula comme un fou. En fonçant vers le périphérique, ils atteignirent Fuorigrotta à la vitesse de la lumière.

Teresa alluma l'ordinateur et chargea la vidéo. Ils réécoutèrent la phrase une dizaine de fois.

Ester Fornario chuchotait. Cependant, ils finirent par déchiffrer ses mots. Elle ne parlait pas de « patrie » où « retourner ». Ce qu'elle disait était beaucoup plus banal, mais éclairant : « Ah, c'est mieux que d'aller coucher à Lago Patria ! »

La tête de Denis explosa.

Malgré l'opposition de Teresa, il se précipita sur le bar et avala une longue gorgée de Macallan. La situation s'éclaircissait enfin, et elle paraissait encore plus dangereuse. Elle paraissait *insoutenable*.

« Où as-tu mis le sac contenant les affaires qui étaient dans ma voiture ? » demanda-t-il.

Teresa ne comprenait pas. Se le rappelant, Denis quitta l'appartement et courut à la voiture : voilà où il avait vu le logo.

Il ouvrit le véhicule et tira de la boîte à gants le sac, qu'il renversa sur le siège. Chewing-gums, pièces de monnaie, un crayon, son GPS à moitié détruit et le courrier volé chez Laura en tombèrent. Il dénicha ce qu'il cherchait entre la facture et le relevé de la carte bancaire. L'enveloppe frappée du lis aux pointes arrondies. C'était le logo d'un hôtel, de *cet* hôtel. C'était une invitation du Rising Sun adressée à Maurizio Albano.

Le mari de Laura.

Le directeur adjoint de la brigade criminelle de Rome, détaché depuis deux ans à Naples avec des fonctions spéciales.

Une huile dans la chasse aux assassins, psychopathes et narcotrafiquants sur le territoire national.

Le géant qui vivait à Lago Patria.

L'homme qui pouvait le briser à sa guise : il avait presque réussi.

Bordel, par quel mystère n'avait-il pas fait le lien plus tôt ?

Denis s'empara du registre de l'hôtel et vérifia les

noms : les dates des séjours d'Albano et de ceux d'Ester Fornario correspondaient souvent. Il avait trouvé le fils de pute à la gorge brûlée : tard, certes, mais il avait fini par le trouver !

Teresa se montra à la fenêtre, l'air apeuré. Denis lui adressa un signe de la main, l'invitant à ne pas s'inquiéter. Puis il réfléchit : Albano n'aimait pas apparaître en public, pourtant lui, Denis, l'avait rencontré à plusieurs occasions. S'il n'avait jamais vu sa gorge brûlée, il se souvenait de ses chemises impeccables, toujours boutonnées jusqu'au cou. Et de son envergure, qui suscitait la crainte de tous ses subalternes.

Si l'on considérait Denis comme un os, on considérait Albano comme un rocher.

Il avait fait carrière grâce à des arrestations retentissantes dans les rangs de la criminalité organisée : il avait été commissaire à Milan et commissaire divisionnaire à Palerme. Il avait contribué à la capture de boss en fuite, tels que Bernardo Provenzano[1], et s'était distingué par ses méthodes extravagantes. Personne ne le reconnaissait publiquement, mais les hommes politiques l'adoraient. Tout comme les femmes, et en premier lieu Laura. Le destin avait donc réuni leurs chemins avec une étrange ironie. Denis ne comprenait pas pourquoi, mais il ne s'en souciait guère : il poserait directement la question à Albano.

Il l'obligerait à cracher la vérité, dût-il le tuer.

Ou se faire tuer.

1. Chef de Cosa Nostra, la mafia sicilienne, après l'arrestation de Totò Riina en 1993, il a été arrêté en 2006. Il est mort en prison en 2016.

5

Tout en rentrant chez lui, il s'aperçut qu'il avait moins mal à l'estomac que d'habitude, malgré le Macallan. Il se sentait plutôt lucide, mais il était fatigué. Fatigué par l'effort physique et mental, fatigué de toute cette histoire.

Il n'avait qu'une certitude.

Il tenait son homme. Maurizio Albano, le fils de pute qui lui avait volé sa compagne, et maintenant un collègue. Il restait encore de petits détails à éclaircir, comme les empreintes digitales. Mais le fumier lui livrerait lui-même toutes les réponses, Denis en était certain. Il devait juste veiller à ne pas commettre d'erreur.

Il s'arrêta sur une aire d'autoroute, près de Licola : la file de voitures qui se dirigeait vers le parc aquatique, sur la voie opposée, l'oppressait. Il gagna la cabine téléphonique et composa le numéro de son chef. Étrangement, son portable était éteint. Malgré les risques, il appela sur sa ligne professionnelle. Le répondeur se déclencha au bout de huit sonneries. Denis raccrocha et décida d'envoyer un texto : « Rendez-vous chez moi. C'est urgent. » Il calcula que cela lui laissait deux heures et demie, et décida de s'arrêter au Copacabana pour réfléchir en paix.

Le barman le salua comme si de rien n'était, malgré son absence de quelques jours. Denis commanda un café allongé et s'assit à une table en terrasse afin de surveiller aussi bien son domicile que, de loin, celui de Laura.

Une vague d'émotion l'envahit. Qui aurait dit qu'il la retrouverait et qu'il l'impliquerait, malgré lui, dans cette affaire ? Comment réagirait-elle ? Comprendrait-elle ? Un instant, il imagina la femme enfin libre et se vit se présenter à elle une nouvelle fois… Puis il chassa ses pensées et termina son café.

« Apporte-moi un Macallan », lança-t-il au barman.

Il n'avait pas le choix. S'il voulait pousser Albano aux aveux, il devait se salir les mains. Impossible d'interpeller le préfet de police ou le substitut du procureur : il ne possédait aucune preuve, à l'exception du registre de l'hôtel qu'il s'était procuré de façon illégale. Il ne pouvait demander de l'aide qu'à son chef : Lettieri comprendrait, il couvrirait ses arrières, du moins pendant l'opération, non parce que Albano était un mauvais géant, mais parce qu'il disposait peut-être de protections. Par exemple, les deux types qui l'avaient envoyé dans le décor et qui avaient essayé de le tuer. Peu importaient les conséquences : c'était un règlement de comptes. Et si on le chassait ensuite de la police, tant pis. Il s'en fichait complètement.

De retour chez lui, il prit une douche et se rhabilla. Il appela de nouveau Lettieri sur ses deux téléphones portables : en vain. Comme une heure s'était écoulée, il décida d'agir.

Il rangea son arme réglementaire dans son coffre-fort et en tira son pistolet de secours. Un Glock 19 semi-automatique qu'il avait confisqué à un dealer quelques années plus tôt et qui n'avait jamais fait de victime. Son numéro de série était limé et il acceptait les mêmes balles que le Beretta réglementaire des flics.

Denis vérifia le chargeur, démonta le pistolet, huila, nettoya et astiqua les pièces avec un chiffon. Il fourra dans sa poche une poignée de munitions de réserve, avant de remonter le semi-automatique et de le glisser dans son pantalon. Il s'empara aussi d'un petit Smith & Wesson 60 à canon court, un revolver qui avait l'air d'un jouet, mais redoutable à une distance rapprochée.

Alors qu'il refermait le coffre-fort, il se ravisa et saisit également son Beretta : il lui servirait de couverture. Il s'employa toutefois à en vider le chargeur, rendant l'arme inoffensive.

Il avala plusieurs cachets de protecteurs gastriques et alluma une Rothmans en se regardant dans la glace. Il était pâle et dut resserrer sa ceinture pour retenir son pantalon. Ses chaussures en cuir étaient si sales et si usées qu'on les aurait crues en daim. Il se sentait prêt.

Il existait une limite émotionnelle de sauvegarde, un seuil au-delà duquel il est dangereux de se déplacer si l'on ne veut pas risquer sa carrière, mettre en danger ses enfants et son avenir. Or Denis ne possédait rien de tout cela, ou ne le possédait plus. Il ne lui restait qu'une rage profonde face à l'injustice, et le besoin de venger à tout prix ceux qui en faisaient l'objet. Certes, ce n'était pas un état d'esprit très cohérent chez un flic qui avait corrompu, volé, escroqué et cherché de l'argent facile. Mais il n'avait jamais tué personne pour de mauvaises raisons.

Il déboutonnait le col de sa chemise à carreaux et s'apprêtait à monter en voiture quand son portable sonna. Un numéro inconnu s'afficha sur l'écran.

« Carbone ? demanda une voix.

— Qui es-tu ?

— Le frère de l'homme auquel tu t'es adressé. Téléphone-lui d'une cabine et dis-lui de te donner mon numéro protégé. Puis rappelle-moi. Immédiatement. »

Denis raccrocha, se précipita sur le téléphone public le plus proche, à l'extérieur du Copacabana, et s'exécuta. Arturo, le frère du journaliste Enzo Amitrano, répondit à la première sonnerie.

« Il y a du nouveau. Nous avons intensifié notre surveillance au cours des derniers jours : nous avions l'impression qu'on filait ton chef. Et puis les choses se sont envenimées aujourd'hui…

— Comment ça ?

— Deux types se sont postés à l'angle de l'immeuble d'où ton chef sortait. Ils n'étaient pas armés, mais malintentionnés, ils comptaient peut-être l'enlever. Ils se trouvaient à bord d'une Alfa Romeo noire. Bref, à sa vue, ils sont descendus de voiture et se sont précipités vers lui. Je suis intervenu avec un de mes hommes, qui a reçu un coup de poing dans l'œil. Mais nous avons réussi à les mettre en fuite.

— Bordel… et mon chef ?

— Il est ici avec moi. Il va bien. Naturellement… j'ai dû l'informer.

— Passe-le-moi.

— Une dernière chose : les deux fumiers ignorent qu'avant de les attaquer nous avions fixé un capteur de position sous leur voiture. Bref, mon homme les suit.

— Tiens-moi informé. Et merci, Arturo. Je te dois un service. Un grand. »

Lettieri saisit le téléphone et salua Denis, lequel comprit, au son de sa voix, qu'il avait une cigarette entre les lèvres. Il paraissait agité.

« Je t'ai appelé mille fois, chef. Tes appareils étaient toujours éteints.

— J'ai été obligé de les désactiver, j'avais l'impression d'être épié. Ce matin, j'ai dit aux membres de la commission d'aller se faire foutre, que je retournais à Naples débusquer les deux salopards qui avaient tué Finamore et qu'ils pouvaient m'inculper s'ils en avaient envie… Putain, je savais qu'ils étaient prêts à agir.

— Pourquoi tu ne me l'as pas dit ?

— Parce que c'est moi, le chef, et que ce ne sont pas tes oignons. Et puis qu'est-ce que tu aurais pu faire ? M'envoyer des gardes du corps ? »

Il eut un rire. Mais c'était un rire hystérique. L'attaque l'avait salement troublé, songea Denis. Les menaces sont une chose, deux connards qui essaient de vous éliminer en sont une autre.

« Tu es un salaud et un inconscient, Denis. Mais tu as fait du bon boulot, poursuivit Lettieri.

— Attends pour me remercier. J'ai deux ou trois trucs à te dire qui ne te plairont pas et je suis pressé.

— Je t'écoute. »

Denis éteignit sa Rothmans en la lançant dans le lac. La nuit tombait à toute allure.

« J'ai enquêté dans mon coin : de quoi me faire licencier ou jeter au trou. J'ai découvert qu'un autre type fréquentait Ester Fornario, un type insoupçonnable.

Il a effacé toutes les preuves, mais c'est lui à cent pour cent. Et je m'apprête à l'agrafer.

— Qui est-ce ?

— Maurizio Albano. Le directeur adjoint de la brigade criminelle de Rome.

— Qu'est-ce que tu racontes, Denis ? Tu débloques, ou quoi ?

— C'est lui, aussi sûr que deux et deux font quatre. Je vais le faire parler, il habite à un ou deux kilomètres de chez moi. Écoute-moi bien, chef : attends trois heures avant de faire quoi que ce soit. S'il m'arrive un pépin, tu trouveras dans mon appartement mes notes sur l'affaire et la copie du registre d'un hôtel. Teresa t'expliquera le reste.

— Denis, un instant…

— Trois heures, chef. Après, fais ce que tu veux. »

Denis interrompit la communication et se coula dans sa voiture. Lettieri essaya de le rappeler. En vain : il avait éteint son portable à la troisième tentative.

Désormais les choses étaient réglées, il ne restait plus qu'à agir.

Il vérifia pour la dernière fois son pistolet, introduisit un disque de Charlie Parker dans le lecteur de CD et passa la première, allant à la rencontre de la nuit.

6

Lago Patria était un appendice de Naples, un vieil et mauvais endroit, à mi-chemin entre le Vésuve et le néant. L'histoire racontait que Scipion l'Africain s'y était retiré avant de mourir. Et avant de laisser le champ libre aux constructions illégales, aux centres commerciaux, aux pinèdes brûlées, aux spéculateurs et aux immigrés clandestins.

Denis se reconnaissait dans ce fond trouble, dans le silence des petits couples isolés au milieu des clairières ou dans celui des esclaves de la propreté urbaine, obligés de travailler dès 3 heures du matin malgré le froid. Ce n'était pas Naples, mais ce n'était pas non plus la campagne. C'était un lieu où méditer et se protéger contre le bordel de la métropole, en dépit de son environnement dégradé.

Denis se gara à cent mètres de chez Laura. Une odeur de brûlé flottait dans l'air, comme si l'on avait allumé un feu avec du plastique ou des pneus.

Il repensa à leur dernière rencontre : il était complètement saoul, et elle l'avait chassé. Que se passerait-il maintenant ? Lui pardonnerait-elle ou le repousserait-elle définitivement ?

Se rappelant le pouvoir malfaisant des rêveries

dans des moments de ce genre, Denis balaya ces pensées et se mit à explorer les environs du bâtiment, un immeuble de quatre étages. En le contournant, il remarqua du côté du lac une sorte d'entrepôt, du toit duquel il était simple d'atteindre le balcon du premier étage.

Il était 9 heures : Laura n'était pas encore rentrée ; de fait, sa voiture ne se trouvait pas sur le parking. Un instant, Denis craignit qu'Albano ne fût parti pour Rome ou en vacances. Puis il se dit qu'il ne quitterait pas Naples tant que le sort de Lettieri ne serait pas réglé.

Il observa les lieux pendant environ une heure en fumant cigarette sur cigarette, ce qui irrita sa gorge et lui provoqua des quintes de toux. Il aperçut alors de la lumière au deuxième étage de la façade principale. Le fumier était dans son salon.

Denis s'assura que son pistolet était armé, se tapit contre le mur et s'approcha de l'interphone. La voix d'Albano, qui parlait au téléphone, à la fenêtre, lui parvint aux oreilles. Il attendit qu'il rentre, puis pressa une touche au hasard. Trente secondes plus tard, une voix de femme, assez âgée pour son plan, répondit. Free jazz, pensa-t-il.

« Ici Albano, du second étage. Pouvez-vous venir un moment ? Je dois vous dire quelque chose…

— Qu'est-ce que vous voulez ? » interrogea la femme d'un ton hostile.

Denis garda le silence. Quand il entendit une porte s'ouvrir, il se faufila de l'autre côté de l'immeuble et grimpa sur le toit de l'entrepôt. Il y avait là une barque en bois pourri, quelques bidons de peinture atoxique et des ordures un peu partout.

Il sauta sur le balcon du premier étage et, s'agrippant

à la gouttière, se hissa laborieusement. Il craignait que ses jambes ne le portent pas, et de fait il glissa à deux reprises, manquant de s'écraser au sol. Mais il réussit à atteindre le deuxième étage. S'efforçant de retenir son souffle, il essaya de capter les bruits qui provenaient de l'intérieur.

Le silence régnait.

Pour sûr, la femme était déjà partie. Denis ôta son pistolet de sa ceinture et le pointa vers la porte vitrée de la cuisine. Elle était ouverte : une sacrée chance, songea-t-il.

Il se trompait.

Caché à l'intérieur, Albano l'attendait depuis un bon moment.

Il n'avait jamais pénétré dans cet appartement.

Était-il meublé dans le style de Laura ? Il n'en était pas certain. La cuisine hébergeait un grand îlot central en marbre, un réfrigérateur et un four flambant neufs, ainsi que toutes sortes de paniers fixés au mur. Denis crut en reconnaître un, acheté ensemble, quelques années plus tôt, pendant une promenade à Ventotene.

La lumière était éteinte et aucun bruit ne s'échappait du salon. Albano n'était certainement pas allé au lit après la visite de la vieille femme. Était-il descendu dans le hall, intrigué ?

Denis achevait d'élaborer cette pensée quand il perçut un déplacement d'air sur sa droite. Alors qu'il se retournait, il reçut sur la nuque un coup puissant qui le projeta au sol, en direction du couloir. Albano l'avait vu rôder autour du bâtiment et, bien qu'il ne l'eût pas identifié, s'était mis sur le qui-vive. Il avait donc empoigné le rouleau à pâtisserie en attendant son arrivée.

S'il n'avait pas autant souffert, Denis aurait éclaté de rire : avec cet outil de cuisine à la main, le gigantesque directeur adjoint de la brigade criminelle avait l'air d'un clown affolé, engendré par l'imagination d'un metteur en scène psychopathe.

« Fils de pute !

— Nous sommes deux, l'ami », répondit Albano en ricanant.

Puis il lui sauta dessus. Il le frappait comme un policier antiémeute pendant une manifestation violente : de nouveau à la nuque, sur la tête et sur les côtes. Denis tenta de s'abriter et d'esquiver les coups. Mais, comme son adversaire s'acharnait, il décida de prendre des risques : il s'abstint de réagir au coup suivant pour se jeter sur Albano, qu'il serra contre lui à la manière des boxeurs. Il le mordit au ventre et lui assena un coup de tête dans le nez. Albano grogna sans bouger pour autant. Malgré le sang qui coulait sur ses joues, il parvint à désarmer Denis, qui avait empoigné son pistolet, et le pointa sur lui en reculant.

« Putain, qui tu es ? » interrogea-t-il.

Denis respira profondément en gardant le silence. Albano alluma la lumière du couloir et le reconnut enfin.

« Inspecteur Denis Carbone… en service au commissariat de Pausilippe. Qu'est-ce que tu fous ici ? Tu cours toujours après ma femme ?

— Tu sais très bien pourquoi. Je suis venu chercher des explications. »

Albano s'essuya le nez sur sa manche et indiqua le salon avec le canon du Glock. Denis y entra.

« La première est très simple. Tu as pénétré ici

comme un voleur et je t'ai tiré dessus avant de te reconnaître. Tu étais peut-être jaloux… Laura pourra en témoigner. »

Denis balaya la pièce du regard et, cette fois, distingua vraiment l'œuvre de son ancienne compagne : ameublement années soixante-dix, fauteuil de coiffeur, un énorme éléphant rose en plastique, deux tables en fer forgé et un coin bar avec comptoir. Albano s'en approcha et remplit deux verres de whisky. Il en désigna un à Denis et lui ordonna de s'asseoir sur le canapé.

« Pourquoi tu as tué Ester Fornario ? demanda Denis en avalant une longue gorgée.

— Ce n'est pas ce que tu crois… En réalité, je tiens à te présenter mes félicitations. Je savais que nous ne devions pas te faire confiance quand tu as cuisiné le Sri Lankais.

— Nous ?

— Chaque chose en son temps. En attendant, dis-moi comment tu es remonté jusqu'à moi. »

Denis but une autre gorgée. Ses pensées se mirent à tourbillonner. À travers la fenêtre, on voyait les lumières, de l'autre côté du lac : quelque part, là-bas, se trouvait le Copacabana. Soudain il songea qu'il aurait aimé se foutre de tout et retourner se saouler là-bas sans se soucier du lendemain. Puis il répondit dans un rire :

« Elle avait caché les cartes mémoire dans son baisodrome, en haut de la tour. Elle n'avait pas confiance en toi et en ceux de ton espèce… »

Albano parut s'énerver pour la première fois. Pas mal, cette tactique. Un à zéro pour moi, pensa Denis.

« Et puis ?

— Il y avait une vidéo de vous deux dans l'appartement.

— Putain, il avait raison…

— *Qui* avait raison ? »

Albano but une gorgée et toussa. Il avait avalé le whisky de travers.

« Tu n'es pas habitué à boire, mon cher… tu n'as pas assez de couilles.

— Continue et ne fais pas le con. »

Denis vida son verre et chercha ses Rothmans dans sa poche. Il effleura son petit Smith & Wesson. Mais, à la vue d'Albano qui secouait la tête, il renonça.

« Il y a quelque temps, j'ai volé du courrier dans votre boîte aux lettres, et notamment une invitation du Rising Sun. Je suis remonté tout seul jusqu'à l'hôtel, et j'ai trouvé ton nom dans le registre. Chianese m'a confirmé qu'on l'avait menacé. J'ai suivi ta gorge brûlée et ta sale gueule pendant des nuits entières, mais c'est la vidéo qui a produit l'étincelle… »

Denis ricana.

« Pourquoi tu as tué cette femme ?

— Je te l'ai dit. Ce n'est pas exactement ce que tu crois. Ester était une femme extraordinaire, un sacré coup. Je l'ai rencontrée dans cet hôtel et elle m'a intrigué. Putain, j'ai vu un tas de cochonnes dans ma vie, mais elle, elle avait quelque chose de particulier… Elle vous apprenait des trucs incroyables et avait une sensualité dont les épouses ignorent jusqu'à l'existence. Seuls les cons tombent amoureux d'une seule femme, pas vrai ? »

Denis se sentit mal à l'aise pour la première fois, comme si l'alcool le rendait vulnérable. Tant mieux, pensa-t-il. La peur aide à réfléchir. S'il dégainait son Smith & Wesson et se jetait au sol, il aurait peut-être une demi-seconde d'avantage, ce qui signifiait une demi-chance, calcula-t-il.

« Je suis curieux de savoir une chose, Carbone. Comment se fait-il que tu penses toujours à Laura ? Ça fait dix ans… Tu as sans doute eu des occasions. Tu voulais peut-être lui faire un cadeau d'adieu en venant crever ici ? Genre : je me fais buter par ton mari pour que tu ne m'oublies jamais ?

— Va te faire foutre.

— Dis-moi où sont ces cartes mémoire.

— Dans un endroit sûr », mentit Denis.

Albano chargea le pistolet et, impatient, le pointa contre la poitrine de Denis en lui ordonnant de se lever. Puis il alla allumer la chaîne stéréo, dont il monta le volume. Ironie du sort, c'était le sax de Coltrane qui hurlait.

« Je parie qu'après l'accident ton corps résiste mal à la douleur. »

Denis respira profondément pour ravaler sa peur. Albano le poussa contre la fenêtre.

Ni l'un ni l'autre n'entendit la porte d'entrée qui s'ouvrait et Laura qui pénétrait dans l'appartement.

7

« Seigneur ! Denis, que se passe-t-il ? »

Ce fut l'histoire d'un instant. Effrayé, Albano sursauta en pivotant et baissa ainsi la garde. Denis, dont les sens étaient aiguisés par la peur, en profita : il se jeta, tête baissée, sur la poitrine de son adversaire et lui assena un coup de genou dans les couilles.

Albano poussa un cri de douleur, et le Glock roula sous le canapé. Laura était paralysée, mais elle ne cessait de hurler.

« Stop ! Arrêtez ! »

Denis décocha deux directs dans le visage du géant. Sans vaciller, Albano recula en cherchant à tâtons le pic à glace sur le comptoir du bar. L'ayant trouvé, il le planta entre le coude et l'épaule de Denis, qui alla valdinguer dans un cri contre l'une des tables, de l'autre côté de la pièce. Tandis qu'Albano se ruait sur lui, il avisa toutefois le pistolet sous le canapé et tendit la main.

Il tira un premier coup. Puis un deuxième.

À la troisième tentative, il toucha à l'épaule le directeur adjoint de la brigade criminelle, qui lâcha le pic à glace et se précipita vers l'entrée en hurlant de douleur.

« Pousse-toi, bordel ! » lança Denis à Laura.

Incrédule, elle s'agrippait à son mari et le secouait comme si le monde avait soudain perdu toute signification pour elle. Une des poches de l'homme se déchira et son portefeuille tomba par terre. Il parvint cependant à se dégager et à se sauver dans l'escalier.

Denis se releva, le bras soudain douloureux. Il s'aperçut que sa chemise était trempée de sang et que la sueur avait mouillé sa poitrine comme l'eau d'un orage.

Il s'écroula sur le canapé non sans avoir déchargé son pistolet, pendant que le vrombissement de la Golf d'Albano s'éloignait dans la nuit.

Il avait gagné par deux à zéro, pour le moment. Mais le match retour l'attendait.

Le thé était bon, préparé avec des noisettes hachées, de la cannelle et du miel. Denis ne savait pas que Laura aimait le thé : il y avait désormais un tas de choses qu'il ignorait à son sujet.

Elle avait tremblé pendant une demi-heure, incapable de bouger un muscle. Il l'avait laissée pleurer, se défouler. Puis il était allé à l'armoire à pharmacie, en avait tiré deux sachets d'ibuprofène, qu'il avait avalés sans eau, et une vieille plaquette de benzphétamine : elle serait utile quand la peur, l'hésitation ou la fatigue prendraient le dessus.

« C'est à cause de moi que tu l'as coincé ? » avait interrogé Laura.

Denis avait soupiré en essayant de résister aux regrets, ou à l'émotion. Il aurait tant aimé éprouver une fois encore cette sensation, il aurait tant aimé avoir Laura *rien que pour lui*.

« C'est lui qui a failli me coincer. Et il t'a menti pendant des années, Laura. »

Il y avait dans cette situation quelque chose de jubilatoire. Et, pourtant, il ne s'était pas réjoui devant la souffrance de son ancienne compagne. S'il avait pu retourner en arrière, il aurait ordonné à la machine à remonter le temps de le déposer le jour où il avait accepté l'affaire Ester Fornario. Il aurait refusé de s'en occuper et continué de passer ses nuits, bourré, devant cet immeuble dans l'espoir d'arracher à Laura une photo ou un message personnel.

« Depuis quand avait-il une liaison avec elle ?

— Depuis au moins un an, sinon deux », répondit Denis avant de relater la découverte du cadavre, les enquêtes et tout le reste.

Il se contenta de glisser sur les infractions qu'il avait commises, pour s'attarder sur les meurtres de Finamore et de Chianese, ainsi que sur les deux tueurs dont il ne connaissait pas l'identité. Il était déchiré entre l'affection, les souvenirs, le désir irrépressible de baiser Laura et le besoin de rassembler des informations. C'était un amour sale. Mais c'était tout de même de l'amour.

« As-tu une idée de l'endroit où il est allé ? »

Laura secoua la tête. Ses pommettes étaient creusées par deux rides qu'il ne lui avait jamais vues. Elle avait vieilli, et elle était encore plus belle.

« Rien qui puisse m'être utile ?

— Ce que tu m'as dit… les deux tueurs, le type assassiné en prison… C'est trop, y compris pour Maurizio. Il est puissant, bien sûr, mais pas *tant que ça*.

— Je commence à le croire moi aussi. Dis-moi la vérité, qui le protège ? »

Laura posa sa tasse encore pleine sur la table.

« Tu penses que je le défends au point de mentir ? Bon Dieu, Denis, je ne savais même pas qu'il me trompait ! »

Denis la laissa pleurnicher. Puis il la pria de lui apporter son panier à ouvrage, en tira du fil de soie noir et une aiguille qu'il stérilisa avec son briquet. Enfin, il lui demanda de braquer une lampe sur son bras. Elle détourna le regard.

« Une tatoueuse qui a peur de percer la peau ?

— Une ex-tatoueuse », rectifia-t-elle.

Denis enfonça l'aiguille dans sa chair et s'appliqua trois points de suture. Quand Laura lui rinça la plaie à l'alcool, il sursauta.

Il n'avait rien d'autre à dire, ce n'était pas le moment. Ils se reverraient peut-être. Il imaginait Albano mort, les pleurs à l'enterrement, la haine qu'elle lui vouerait. Mais le géant avait tué deux hommes et une femme : il devrait le payer, tout comme ceux qui l'avaient aidé.

Il se leva et se traîna vers la porte.

« Où vas-tu maintenant ?

— Tu le sais, Laura… »

Elle lui décocha un regard qu'il connaissait bien, un regard qui l'avait retourné à de nombreuses occasions par le passé, l'obligeant à faire ce dont il n'avait pas envie. Cette fois, il ne tomberait pas dans le piège : il y avait des choses graves en jeu. Des choses urgentes.

« Ne le tue pas, je t'en prie. Et ne te fais pas tuer, toi », dit-elle.

Denis attrapa une bouteille de whisky, puis se

dirigea vers l'entrée. Il claqua la porte et avala sur le palier deux cachets de benzphétamine avec une longue gorgée.

Alors qu'il s'apprêtait à entrer dans l'ascenseur, il entendit Laura fondre de nouveau en pleurs.

8

La stratégie pour débusquer Albano était difficile à mettre en place. Les individus de son espèce disposaient de protections, de cachettes, de plans B. Peut-être s'était-il tapi chez un ami en attendant de faire le pas suivant. Peut-être s'était-il déjà enfui à l'étranger. Mais avec quels moyens ? Et où ? Il n'avait sur lui ni argent ni papiers. Certes, ce n'était pas un élément dissuasif, néanmoins…

Pour commencer, Denis se pendit au téléphone et appela plusieurs services aussi bien au commissariat central qu'à Rome, en demandant si l'on avait de ses nouvelles. Bien entendu, il ne comptait pas obtenir la vérité, il espérait juste saisir une hésitation, une imprécision dans les détails susceptibles de lui fournir un point de départ. Ce ne fut pas le cas.

Il rôda donc autour de l'immeuble en essayant de glaner quelques informations, ne serait-ce que pour établir dans quelle direction Albano était parti. Il retira un peu d'argent à un distributeur, avant d'aviser, à la hauteur d'une pompe à essence au sud du lac, trois putains qui riaient à gorge déployée autour d'un feu de joie. Une Noire et deux filles très jeunes à la physionomie slave. À cause de la chaleur, elles avaient la poitrine et les cuisses luisantes de transpiration. La Noire tenta de le séduire, puis prit peur à la vue de sa carte de police.

« Ne t'inquiète pas. Je veux juste une information. Est-ce que vous avez vu passer un type dans une Golf sombre ? »

La fille hésitait. L'une des deux autres répondit à sa place :

« Moi vu. Voiture rouler très vite, là-bas », dit-elle en indiquant sa droite.

Denis tira de sa poche un billet de dix euros et le lui tendit. Albano s'était donc engagé sur la route qui menait à l'est, vers le périphérique. S'il avait voulu se rendre à Rome, il aurait emprunté la Domitiana de façon à passer en toute sécurité par Formia, ou la voie express qui lui aurait permis de rejoindre tranquillement l'autoroute du Soleil. Au lieu de ça, il avait choisi le périphérique, bourré de radars et de patrouilles de police. Il se dirigeait donc vers Naples.

Officiellement, il n'était ni recherché ni fugitif. Mieux, il demeurait un flic, directeur adjoint de la brigade criminelle de Rome. Certes, il ignorait si Denis possédait ou non des preuves accablantes contre lui et, en ce moment précis, il s'efforçait peut-être de déterminer, au moyen de son portable ou de la radio de la police, si un magistrat avait signé un mandat d'arrêt et ouvert une information judiciaire à son encontre.

Il était comme un rat dans une immense cage. S'il jouissait d'une grande liberté de mouvement, le temps ne jouait pas en sa faveur : le lendemain, ou les jours suivants, ses collègues et ses chefs le contacteraient, et des informations filtreraient. Il ne restait donc à Denis qu'à le traquer d'homme à homme.

Le problème, c'était qu'Albano se réorganiserait entre-temps et qu'il risquait même de l'attaquer, par exemple en se servant des deux tueurs qui avaient déjà essayé de l'éliminer.

Non, Denis n'avait plus le temps. Deux possibilités s'offraient à lui : transmettre le résultat de son enquête à la magistrature en espérant qu'Albano ne recourrait pas aux pouvoirs qui le protégeaient, ou le débusquer. Immédiatement, la nuit même. L'occasion ne se représenterait pas : il fallait qu'il le trouve et qu'il l'oblige à cracher la vérité.

Il s'engagea à son tour sur le périphérique et installa le gyrophare pour libérer la voie. Il commencerait par la tanière du loup, le commissariat central. Il s'y rendrait en personne, en toute discrétion, et il lui tendrait un piège.

Il avait presque atteint la bretelle menant au Vomero quand il ralluma son portable. Un appel lui parvint aussitôt.

« Carbone, c'est moi.

— Salut, Arturo. Du nouveau ?

— Mon homme va t'appeler. Il a quelque chose à te dire. Et ton chef retourne à Naples », déclara le frère d'Amitrano.

Denis le remercia et mit fin à la communication. Il reçut le second appel quelques minutes plus tard.

« Denis Carbone ?

— Je suis au courant. Parle. »

La voix de l'homme coassait. Pour sûr, il était à l'extérieur et en plein vent.

« J'ai suivi les deux types qui voulaient enlever ton chef. Ils ont filé tout droit à Naples. Je ne connais pas bien la ville, mais d'après le GPS nous ne sommes pas loin du bois de Capodimonte.

— Décris-moi le coin.

— On a emprunté une pente étroite, près d'un arc… Puis les deux types ont franchi la grille d'une villa privée. Il y a là un petit champ cultivé et une vigne. Et j'ai vu sur le parking deux voitures blindées de la police. Il y a dix minutes, une Golf noire est arrivée à toute allure. L'homme qui en est descendu avait l'air choqué et une plaie sanguinolente à l'épaule.

— Bordel de merde…

— Quoi ? »

Denis pila et faillit heurter le rail de sécurité. Il vit les lumières du Vomero briller dans la chaleur sale de la nuit. Soudain, il comprit tout.

Il gagna la première aire de stationnement, s'empara du registre de l'hôtel et distingua à la troisième page le nom qu'il avait à l'esprit.

« Alors ? demanda d'une voix impatientée son interlocuteur, qui attendait encore en ligne.

— Le préfet de police, répondit Denis en frissonnant. C'est là que se trouve le domicile du préfet de police. »

9

Le Moiariello était un de ces quartiers secrets de Naples qu'on ne découvre que par hasard. La vue sur le golfe, la verdure et les ruelles semblaient conçues tout exprès pour des retraités assez aisés, ou pour des flics désireux de trouver un refuge, loin du bordel de la ville.

La villa du préfet de police était enchâssée entre un bosquet et un potager où poussaient tomates et aubergines. Quelques poules picoraient derrière le terre-plein où quatre voitures étaient garées. Le préfet de police vivait seul, sa femme et son fils ayant péri des années plus tôt dans un accident. C'était peut-être au cours de cette période, justement, qu'il s'était transformé. La fêlure de son âme se reflétait dans les murs écaillés de la maison à deux étages, ainsi que dans la sensation d'incurie qui s'en dégageait. Cette dégradation traduisait de la souffrance.

« Dis-moi que tu plaisantes… », lança l'homme d'Arturo Amitrano.

Ils s'étaient retrouvés cent mètres plus haut, sur un emplacement aménagé tout exprès pour les poubelles. Selon les calculs de Denis, il y avait entre quatre et six personnes dans la villa : le préfet de police,

Albano, les deux fils de pute qui avaient tenté de le tuer et peut-être un ou deux flics. Ces derniers poseraient sans doute un problème : s'ils étaient là pour monter la garde, ils risquaient de devenir des victimes innocentes. Si, en revanche, ils étaient au courant de tout, eh bien… tant pis pour eux, songea-t-il.

« Ton chef arrive… attends-le, au moins. Je ne suis pas payé pour qu'on me tire dessus.

— Personne ne te le demande. Tu as déjà fait ton dû. »

Sur ces mots, Denis verrouilla les portières de sa voiture, vérifia de nouveau ses armes et se dirigea vers la villa.

Il se plaqua derrière le mur d'enceinte et tendit l'oreille. Une radio grésillait et un homme parlait avec agitation au téléphone, à un balcon du premier étage. Les flics se réorganisaient. Mais, malgré leur nombre, ils étaient faibles. Denis devait exploiter cet avantage, tout comme l'obscurité qui envahissait le quartier.

Il contourna le mur d'enceinte et grimpa sur la branche d'un cèdre pour l'escalader. Soudain, les voix se turent. Cela ne signifiait pas forcément que leurs propriétaires avaient remarqué sa présence : ils avaient peut-être élaboré un plan qu'ils s'apprêtaient à mettre à exécution. Denis avala les deux derniers cachets d'amphétamine pour refouler sa peur, ce à quoi il s'employait depuis le matin. En réalité, c'était moins le danger ou la souffrance que les conséquences possibles de ses actes qui l'effrayaient : il devait à tout prix *obliger* ces individus à parler, ou les tuer. Autrement, toutes les conneries qu'il avait faites se retourneraient contre lui avec la violence d'un ouragan.

Il longea les vignes pendant que les poules

caquetaient comme des oies et se salit les chaussures dans la merde d'un animal. Pas d'un chien, heureusement. Il s'approcha de la villa : la porte ne se trouvait qu'à six mètres de distance, mais il suffirait à un occupant de se montrer au balcon pour remarquer sa présence. La seule solution envisageable consistait à se faufiler entre les voitures et à dénicher une entrée secondaire ou une fenêtre.

En se baissant, il passa entre la Golf d'Albano et la Lancia blindée du préfet de police. Personne ne montait la garde, ce qui l'inquiéta, au lieu de le rassurer. De toute évidence, les flics étaient tapis dans le bâtiment. Quand il atteignit l'Alfa Romeo des deux tueurs, il remarqua à travers la vitre un détail qui le fit frissonner : un Uzi, pistolet-mitrailleur israélien, abandonné entre le tapis et le siège. Les clés de contact sur le tableau de bord lui donnèrent une idée. Il s'en empara et se précipita à l'arrière de la villa.

Il eut de la chance : il tomba sur une entrée de service qui menait, par une minuscule allée, à une véranda intérieure. Il empoigna un de ses pistolets et l'arma, puis gagna la porte en se déplaçant sur la pointe des pieds pour autant que son poids et sa respiration haletante le lui permettaient. Il s'apprêtait à la refermer derrière lui quand il aperçut à l'intérieur un homme en uniforme qui fumait sur une chaise, le dos tourné. L'étrange jeu de lumières sur les vitres le lui avait probablement dissimulé. Le policier jouait avec une tablette posée devant lui. Pour sûr, il montait la garde. Et il était seul. Denis brandit la crosse de son pistolet et l'abattit sur la nuque de l'homme, qui ne se rendit compte de rien. Après quoi, il lui ôta son arme réglementaire et la jeta dehors, au milieu des broussailles.

En entrant dans la villa, il lui sembla que tous ses occupants étaient au premier étage. Il balaya les lieux du regard. Il y avait quelque chose de sinistre dans l'ameublement sobre des pièces et dans l'absence presque totale de lumière. Le préfet de police et ses acolytes, qui avaient accompli des actes horribles, vivaient dans des intérieurs dépouillés, anonymes, aussi vides que leurs vies. Certes, l'appartement de Denis aussi était nu, mais il y avait une différence : il n'avait jamais fait de victimes innocentes.

Tandis qu'il se dirigeait vers l'escalier, il entendit se rapprocher deux voix inconnues. Il se réfugia à grand-peine entre le canapé et la fenêtre, et aperçut bientôt les deux fumiers qui avaient tué Finamore. Sur le coude de l'un s'étalait un épouvantable tatouage en forme de croix. À en juger par leur coupe de cheveux et par leur démarche, c'étaient des militaires.

Il fallait réagir vite. S'ils se dirigeaient vers la véranda, ils le verraient et, étant deux, ils auraient certainement le dessus. Denis se creusa la tête et toucha sa poche, où il avait glissé les clés de leur voiture. Il pouvait y arriver.

Il leva le bras le plus haut possible et pointa la clé vers la fenêtre qui donnait sur la cour en priant pour que la distance ne fût pas trop importante. Il pressa le bouton plusieurs fois. À la troisième tentative, il entendit le *bip* et vit les phares clignoter.

Intrigués, les deux types s'exclamèrent :

« Putain, c'était quoi ?

— Je ne comprends pas, la voiture… C'est toi qui as les clés ?

— Elles sont sur le tableau de bord. »

Ils se tournèrent vers l'entrée principale et ouvrirent la petite porte qui menait au parking. Denis attendit qu'ils soient sortis pour s'élancer et la refermer violemment. Les deux types s'écrièrent :

« Bordel, qu'est-ce qui se passe ?

— Je ne sais pas, mais ça ne me plaît pas. »

Ils essayèrent d'ouvrir l'Alfa Romeo, en vain : les portières étaient verrouillées. Ils partirent alors à la recherche d'une pierre pour casser la vitre. Denis en profita pour monter à toute allure au premier étage. Il pensait surprendre également Albano et le préfet de police. Il se trompait : les cris les avaient alertés. Albano lui tira deux fois dessus, de son bras sain, mais le manqua. Denis plongea et roula dans la salle de bains, où une autre décharge lui parvint d'un angle plus serré. Un morceau de céramique se détacha du lavabo, endommageant le robinet, et l'eau jaillit.

« Fils de pute ! hurla Albano, effrayé.

— Mais qui est-ce, bordel ? interrogea le préfet de police.

— C'est Carbone ! Je me demande comment il s'est débrouillé pour arriver jusqu'ici ! »

Denis tendit le bras et vida le chargeur de son pistolet dans le couloir. Des bouts de crépi et de bois volèrent de toutes parts, tandis que l'odeur de la cordite se diffusait, rendant l'air irrespirable. Albano et le préfet de police se réfugièrent dans le bureau, derrière le fauteuil et la table. Denis rechargea son Glock et prit son petit revolver dans l'autre main.

« Bordel, qu'est-ce que tu veux, Denis ?

— La vérité sur Ester Fornario. Et sur les deux enfoirés qui ont failli me tuer.

— Il n'y a rien à savoir. C'était une putain qui me faisait chanter. On a essayé de vous avertir, ton chef et toi, mais vous n'en avez fait qu'à votre tête, comme toujours.

— Et Chianese ? Et Finamore ? »

Les deux hommes hésitèrent. Denis les entendit se consulter. Il se pencha sur le seuil de la salle de bains et constata que le couloir était libre. Il n'avait pas beaucoup de temps pour réfléchir : il se précipita vers la chambre et s'abrita derrière une armoire juste avant qu'une grêlée de balles ne s'abatte à dix centimètres de son crâne. Des fragments de mur sautèrent et la glace explosa. Un éclat le blessa superficiellement à l'avant-bras et lui tira des grognements de douleur. Accroupi dans son coin, il inspira profondément pour calmer les battements de son cœur. L'emplacement qu'il avait choisi n'était pas confortable, mais assez sûr.

En observant la cour à travers la fenêtre, il s'aperçut que les deux tueurs avaient cassé la vitre de la lunette arrière et qu'ils s'emparaient de l'Uzi. Un instant, il se maudit de ne pas s'être muni d'armes automatiques. Il s'était fourré tout seul dans ce piège. Il balaya la pièce du regard et avisa un téléphone sans fil sur la table de nuit. Il envisageait de s'en saisir et de demander de l'aide lorsqu'il vit le policier de garde sortir de l'arrière du bâtiment et gagner le parking. S'il s'était ressaisi, il titubait encore, dans la lumière des réverbères.

« Qu'est-ce qui se passe ici ? J'étais dans la véranda et j'ai entendu… », dit-il en s'approchant des tueurs.

Il ne parvint pas à terminer sa phrase : les deux types échangèrent un coup d'œil, puis le tatoué dégaina le pistolet qu'il portait à sa ceinture et tira trois fois sur lui en visant la carotide. Le flic fut projeté contre le mur, où son corps s'écrasa. Quelques instants plus tard, il avait perdu tout son sang.

« Non ! » s'écria Denis en brisant le carreau de la fenêtre et en brandissant son arme.

Il toucha le tatoué à la poitrine d'un coup digne d'un sniper. Son acolyte leva l'Uzi vers la fenêtre et tira une rafale, avant de courir vers l'arrière de la villa.

« Tu es piégé, espèce de couillon ! Lâche ton arme et sors. On va parler et tout arranger ! » cria le préfet de police de l'autre côté du couloir.

Denis entendit les pas du tueur se rapprocher. Le préfet de police réclamait des secours au téléphone. Il n'avait pas le choix.

Il devait prendre des risques.

10

Il se leva et sauta à travers la fenêtre, atterrissant sur le balcon, dont son tibia heurta une arête. Au même moment, le tueur pénétra dans la pièce en tirant de toutes parts. S'apercevant que sa proie avait filé, il se pencha à l'extérieur dans l'espoir de la voir déboucher sur le parking. Denis en profita : d'un coup de pied, il fit voler l'Uzi et s'attaqua à son propriétaire, qu'il bourra de coups. Dans leur lutte au corps à corps, ils roulèrent sur le balcon. Denis était le plus robuste, cependant son adversaire ne manquait pas d'agilité : il lui assena un coup de tête dans le nez. Déséquilibré, Denis s'agrippa à sa veste, et ils tombèrent tous deux au-dessus de la rambarde sur le toit en tôle du poulailler. Le tueur parvint à récupérer son Uzi parmi les œufs cassés, le grain et les crottes des poules terrifiées. Dans la bagarre, Denis avait perdu son revolver, qui avait échoué sur le parking. Il disposait certes de son Glock, mais il songea qu'il n'aurait pas le temps de le tirer de sa ceinture. Sa dernière heure était donc arrivée. Soudain, il fut envahi par le désir de capituler, comme si plus rien ne lui importait désormais. C'était peut-être l'effet des amphétamines, associées à l'adrénaline. Il ferma les yeux et se prépara à recevoir les balles qui lui transperceraient le corps. Il n'entendit toutefois qu'une seule détonation.

Elle provenait, par surcroît, non d'un pistolet-mitrailleur, mais d'une arme semi-automatique.

Une masse chaude atterrit sur son visage. Il ouvrit les yeux et comprit : c'était le cerveau du tueur. Par terre, son corps sans vie, abattu par son chef, qui ne ratait jamais sa cible.

« Tu en as mis, du temps..., lui lança-t-il d'une voix tremblante.

— Toujours le même enfoiré. Comme si la commission parlementaire ne suffisait pas à me casser les couilles... »

Lettieri l'aida à sortir du poulailler. Au loin, les sirènes des renforts se rapprochaient. Mais les flics ne venaient pas à leur rescousse.

Denis indiqua Albano et le préfet de police qui filaient vers le lopin de terre proche de la villa. Il fit signe à son chef de les contourner par la gauche afin de les encercler. Les terrains qui entouraient la villa n'étaient pas très étendus, cependant les deux hommes risquaient d'escalader le mur d'enceinte et d'aller se cacher dans un appartement. Lettieri acquiesça et pénétra dans l'obscurité de la végétation, tandis que Denis regagnait le parking, où il récupéra son revolver. Le tueur tatoué s'était relevé, il déboutonnait sa chemise et son gilet pare-balles. Il se massa la poitrine quelques instants en jetant un regard circulaire et se dirigea vers la grille d'un pas titubant, le souffle court, l'air halluciné. Denis s'empara de son Glock et visa la tête de l'homme, qui sortit toutefois du faisceau de lumière d'un réverbère et disparut dans l'obscurité.

Au loin, le golfe flottait dans la brume. La lune s'évanouissait tristement, et Denis se demanda un instant si tout cela – ce tourbillon de meurtres, de menaces et de désirs de vengeance – n'était pas au fond un jeu. Il s'apprêtait à poursuivre le tueur qui battait en retraite quand un coup de feu retentit du côté opposé : le préfet de police lui tirait dessus à travers les branches des arbres.

Il s'accroupit et longea le poulailler, puis rampa sur le sol, alors que les balles se fichaient dans les troncs et le terrain environnants.

« Crève, Carbone ! » entendit-il crier.

La manœuvre d'encerclement s'étant révélée inefficace, il s'adossa au grillage et aux buissons qui délimitaient la propriété et vida le barillet du Smith & Wesson en direction de la voix. Un cri de douleur s'éleva, accompagné de cinq détonations. Il avait touché sa cible. Il abandonna l'arbuste sous lequel il s'était abrité et vit que le préfet de police gravissait la petite colline en boitant, la cuisse en sang. Denis l'encadra dans le viseur du Glock.

Il s'apprêtait à presser la détente lorsque Maurizio Albano jaillit d'un gros rocher et se rua sur lui. Sa masse de géant obscurcit un instant la lumière timide de l'aube. Les pistolets volèrent, les deux hommes se battirent à mains nues au milieu des feuilles mortes et de la saleté. Denis sentait monter l'adrénaline, mais il avait du mal à s'opposer à la force surhumaine de son adversaire. Il lui balança un coup de genou dans l'aine et le mordit au poignet. En vain : Albano referma sa main saine sur son cou et serra.

La vue de Denis se brouilla, une myriade d'étincelles se mirent à danser aux deux extrémités de son champ de vision. Il était sur le point de s'évanouir quand son chef se dressa dans le dos du géant, sur la nuque duquel il pressa le canon de son pistolet avant d'armer le chien. Albano se figea.

« Pousse-toi et reste à genoux », ordonna Lettieri.

Albano pivota lentement, le regard rempli de haine. Denis toussa, vomit et recouvra une vue parfaite. Le soleil se levait rapidement sur la campagne. Il se redressa, ramassa son Glock à temps pour voir une ombre se détacher d'un arbre.

« Attention ! » s'écria-t-il à l'adresse de son chef. Trop tard.

Armé de son Beretta, le préfet de police tira trois coups : deux balles atteignirent Lettieri à l'abdomen, la troisième sembla lui emporter une partie de l'œil et le projeta au sol, une expression de stupeur, plus que de crainte, sur le visage.

Encore agenouillé, Albano massait son poignet blessé. Le préfet de police dévala la colline et s'approcha de Denis.

Il le frappa à la mâchoire d'un coup de crosse qui lui arracha une molaire.

« Putain, qu'est-ce que tu comptais faire, Carbone ? »

Denis cracha du sang et de la salive. Il entendit les sirènes de police qui traversaient le Moiariello.

« Pourquoi… tu l'as tuée ? » balbutia-t-il.

Le préfet de police arrangea le col de sa chemise d'une main, sans cesser de le menacer de son arme. Le jour s'était levé. La faible lumière du soleil projetait de longues ombres sur le sol. Elles évoquaient des fantômes ou des condamnés à mort.

« Les cartes mémoire. Celles que tu as trouvées. Putain, si tu me les avais apportées tout de suite, je ne serais pas obligé maintenant de te tirer une balle dans la tête.

— Ces cartes de merde sont vierges. Elles ne contiennent qu'une vidéo d'Albano dans l'appartement », répliqua Denis sans réfléchir.

Le préfet de police sourit et leva *un peu* le voile sur la vérité. Il raconta comment il avait fait connaissance d'Ester Fornario, les rencontres au Rising Sun, les partouses… Il confirma même l'épisode de la prostituée moldave morte par overdose, qu'avait relaté Chianese. L'histoire était beaucoup plus articulée et plus malsaine que Denis ne le pensait. Il ne s'agissait pas seulement du plaisir de la transgression, c'était pire : une sorte de rituel mauvais, cultivé silencieusement au moyen d'orgies, de drogue et d'échanges de couples. Enfin le préfet de police en arriva aux cartes mémoire.

« Un jour, ce couillon s'est trompé et les a utilisées pour enregistrer la vidéo que tu as vue et d'autres encore, expliqua-t-il en indiquant le géant. Ester était amoureuse de lui et le faisait chanter, elle menaçait de tout révéler à sa femme, ou carrément aux journalistes… La connasse ignorait que les cartes mémoire contenaient des fichiers cryptés et codés.

— Codés ?

— Des trucs qui dépassent les enfoirés de ton espèce. »

Denis hésita un instant. Puis il eut comme une intuition.

« Les deux tueurs… ils n'appartenaient pas simplement aux Services ? »

Le préfet de police lança un coup d'œil à Albano et laissa échapper un rire. Il pointa de nouveau son pistolet sur le visage de Denis et lui ordonna de lever la tête.

« Tagliamonte est au courant ?

— Il faudra que tu attendes le jour du Jugement pour le découvrir, Carbone, j'en ai bien peur. Je te demande maintenant une chose : où as-tu mis ces cartes, et en particulier la noire ? »

C'est alors qu'une voix retentit de l'autre côté du bosquet, les amenant à se retourner. Elle appartenait à l'agriculteur qui cultivait les terrains de la propriété. Il tenait un râteau à la main et était flanqué d'un chien. Un magnifique berger allemand dont les yeux brillaient au soleil.

« Tout va bien, monsieur ? » interrogea-t-il.

Le préfet de police pointa son Beretta dans sa direction et fit feu immédiatement. Touché à la tête, l'homme s'effondra. Le chien grogna un instant, puis renifla le cadavre de son maître et se coucha en gémissant. Denis en profita pour se jeter sur le préfet de police et le catapulter par terre. Il parvint à lui arracher son pistolet et à s'éloigner de quelques pas, échappant ainsi à Albano.

Les patrouilles de police avaient atteint entre-temps l'entrée de la villa, accompagnées d'une petite foule que les coups de feu et les cris avaient attirée. Les gyrophares et les torches jetaient des lumières bleues et jaunes sur les ormes et les arbres fruitiers.

Denis tremblait. Ses jambes ne le portaient pratiquement plus. Il aurait aimé être ailleurs, loin. Il aurait voulu ne pas être forcé.

« Qu'est-ce que tu comptes faire maintenant ? Ils sont là, ils arrivent…, déclara Albano d'une voix qui n'était plus toutefois très convaincante.

— L'un de nous est de trop. »

Albano se releva lentement. Denis tira un coup de feu sur son genou, puis déplaça son arme vers le préfet de police. Le géant poussa des hurlements de douleur.

« Si tu crois que tu vas nous tuer, tu es foutu. Ta *vie* est foutue !

— Chianese, Finamore, Ester Fornario, la Moldave, cet agriculteur… et même l'enfoiré à l'Uzi. Qui sait combien d'autres personnes ont perdu la vie dans cette histoire par ta faute…

— Si tu m'écoutes, on arrangera tout, proposa le préfet de police, qui voulait gagner du temps. On t'a chassé du commissariat central, non ? Je te ferai réintégrer. Ou plutôt je t'emmènerai à la DIA[1] comme adjoint. On doit m'y nommer le mois prochain.

— Moi, je te donne Laura, si tu veux… », ajouta Albano.

Denis sortit de ses gonds. Il visa la même jambe qu'un peu plus tôt et fit feu. Le géant hurla une nouvelle fois.

« Vise le cœur, Carbone. La version officielle dira qu'il est responsable de tout. Tu te sortiras du pétrin et tu m'en sortiras aussi. Je te protégerai, tu recevras chaque mois un beau paquet. Cinquante, soixante mille euros », poursuivit le préfet de police.

Albano le dévisagea d'un air déconcerté, comme si sa dernière heure était arrivée. Denis détourna le regard du préfet de police et le posa sur son rival. Le géant s'approcha en rampant et en pleurnichant de façon pitoyable, puis perdit connaissance. Denis l'écarta d'un coup de pied, brandit son pistolet, ferma les yeux et, après une dernière hésitation, tira.

1. Direction des enquêtes antimafia.

11

La clinique dominait la mer sale de Naples. L'été des riches était presque terminé ; l'habituel Nadal faisait des étincelles à l'US Open de New York. On le donnait à un contre douze : inutile de parier, ou presque. Denis avait tout de même misé trois cents euros : un geste de respect pour Finamore plus qu'une véritable envie de jouer.

La vie avait retrouvé sa normalité, ou presque, comme toujours. Denis avait été auditionné mille fois et avait répété la même histoire en modifiant quelques détails. Le procureur de Naples avait mené l'enquête lui-même, assisté du bras droit du directeur général de la police, venu de Rome. Quand les huiles se déplacent pour enquêter auprès des petits, cela annonce toujours une avalanche de merde. Denis s'était toutefois bien débrouillé et Teresa avait témoigné en sa faveur. De plus, Enzo Amitrano l'avait interviewé en exclusivité pour un prestigieux hebdomadaire, défendant ainsi son action. Sa carrière n'avait pas redécollé, mais au moins il avait gagné un peu d'argent dans cette histoire.

Selon la version officielle, le fait que Tagliamonte et le préfet de police n'avaient pas cuisiné convenablement le Sri Lankais Roshan avait éveillé ses soupçons, et il avait alors suivi sa propre piste avec l'accord de son chef. Il avait mis le concierge de la via Petrarca au pied du mur, avait recueilli les indices qui menaient au Rising Sun et trouvé dans le registre de l'hôtel les noms du préfet de police et d'Albano. Avant d'être assassiné, Chianese lui avait tout expliqué. Denis avait donc parié sur la culpabilité du préfet de police et l'avait défié à visage découvert.

L'histoire tenait assez bien la route, à l'exception du début. Malgré tout, Denis n'avait pas voulu mentionner les cartes mémoire, moins pour se protéger les fesses qu'en raison de leur contenu qu'il estimait explosif. Assez explosif pour susciter une manœuvre imminente des intéressés. Avant de mourir, le préfet de police avait mentionné des fichiers codés. On viendrait certainement les réclamer, et lui, Denis, serait prêt.

Il gara sa voiture neuve, une Clio identique à la précédente, et gravit l'escalier de la clinique. Le chef occupait une chambre privée, où il fumait en se moquant des interdictions. Il était allongé sur le lit, un œil dissimulé par un gros pansement, un cathéter et des tuyaux de drainage pendant à ses côtés tels des tentacules. On lui administrait du Toradol à doses massives. Teresa était assise près de la fenêtre. À la vue de Denis, elle sourit.

« Tu as la peau plus dure que du Kevlar, lança-t-il au chef.

— Comme ta tête de nœud… Par ta faute, je vais devoir rester ici trois semaines de plus. »

Denis sourit, alluma à son tour une Rothmans et saisit une chaise. Teresa fit mine d'ouvrir la porte vitrée pour sortir, mais il l'invita d'un signe à rester.

C'est alors qu'il remarqua le berger allemand qui se tenait sur le balcon.

« C'est quoi ça ?

— Un chien », répondit Lettieri.

Denis le dévisagea sans piper. Il devinait que son chef éprouvait un terrible chagrin sans en comprendre les raisons.

« Il appartenait à l'agriculteur qui a été tué, tu te souviens ? Des agents l'ont trouvé immobile près du cadavre. Ils voulaient le conduire dans un chenil. »

Le berger allemand s'étira et s'étendit sur le côté, au soleil. Denis se gratta la nuque.

« Merci, chef, lui dit-il au bout d'un moment. Si tu n'avais pas été là, je serais aujourd'hui sous terre ou au trou.

— Arrête. Est-ce que le procureur t'a de nouveau convoqué ? » demanda Lettieri après avoir éteint son portable.

Denis l'imita. Il débrancha également la batterie et acquiesça.

« L'histoire tient la route. Albano est le seul à pouvoir la démentir, mais c'est sa parole contre la mienne.

— Il prétend que tu l'as tué délibérément.

— Des conneries ! Il s'est évanoui, le préfet de police m'a sauté dessus, et le coup est parti.

— Comme par hasard en plein front… », répliqua Lettieri, qu'un élancement à l'estomac interrompit, lui provoquant une quinte de toux.

On lui avait enlevé la rate et recousu la déchirure aux intestins. Par miracle, les balles n'avaient abîmé aucun organe vital. Il garderait l'usage de son œil, au prix d'énormes complications.

Denis souffla nerveusement de la fumée. Il aurait

pu être sincère avec son chef et Teresa, mais il n'avait pas envie qu'ils *sachent*. Il craignait de les fourrer dans le pétrin.

« La seule chose qui cloche, c'est Tagliamonte. Je ne peux pas croire qu'il n'était pas au courant, bordel !

— Je ne sais pas, chef... Parfois on est tellement en symbiose avec un autre individu qu'on ne s'aperçoit même pas qu'il a une double vie. »

Teresa fixa un instant les yeux sur Denis. Y lisant une espèce de chagrin, il se hâta de changer de sujet de conversation. Il éteignit son mégot dans un pot de fleurs et se mit à arpenter la petite pièce.

« Tagliamonte était peut-être impliqué, comme les autres, et cela finira par se savoir.

— À moins que les bruits qui courent sur lui ne soient exacts, à savoir que ce n'est pas un vrai flic. Juste un type qui a fait carrière en coinçant ses collègues.

— Et Albano ?

— En fin de compte, c'est le préfet de police qui a tué les autres. Le géant s'en tirera sans doute avec une peine de dix ans. En admettant qu'il reste en vie assez longtemps.

— C'est-à-dire ? » intervint Teresa.

Denis comprit qu'il avait été trop bavard. Il décida de passer également sous silence l'affaire des fichiers codés. Son chef vola à son secours :

« Au fait, tant que je serai absent, c'est toi qui devras t'occuper du commissariat.

— Comment ça ?

— Tu veux une promotion ? »

Denis sourit en secouant la tête.

Lettieri insista : « Je peux en toucher deux mots à quelqu'un au ministère.

— Laisse tomber… Tu as encore un procès à affronter. Ou plutôt deux, en comptant l'affaire de la commission d'enquête.

— Quel est le rapport ?

— Garde les services au ministère pour le jour où tu en auras vraiment besoin. Nous devons nous estimer heureux d'avoir encore un boulot. »

Le chef ricana. Au même moment, l'infirmière entra afin de changer la perfusion. L'odeur de la cigarette la mit en rogne.

Denis salua et sortit. Tandis qu'il attendait l'ascenseur, Teresa se pencha dans le couloir.

« Je pensais… et si, ce soir…

— Non, Teresa. Il ne vaut mieux pas. Je dis ça pour toi, répondit Denis non sans hésitation. Et encore une chose : ne parle à personne de ces cartes mémoire. Pour rien au monde. »

Les yeux de la femme se remplirent de larmes. Denis laissa les portes de l'ascenseur les séparer violemment.

Tagliamonte le surprit à la sortie de la clinique. Il lui coupa la route et l'obligea à descendre de voiture. Il avait l'air furieux.

« Tu n'es qu'un enfoiré, Carbone.

— Parle pour ton chef. Et pour toi. »

Tagliamonte avait son pistolet au poing et était hors de lui. Quelques voitures filaient autour d'eux avec indifférence, dans la chaleur de l'après-midi.

« Qu'est-ce que tu veux faire avec ça ? Me descendre sur ce trottoir et te faire coffrer ?

— Comme toi. C'est ainsi que tu mérites de mourir ! » hurla Tagliamonte.

Curieusement, le commissaire divisionnaire paraissait vraiment blessé. Comme si on lui avait enlevé quelque chose de beau, de propre. Il semblait au bord des larmes.

« Je me demande si tu es un con, ou un bon acteur », répliqua Denis en allumant une cigarette.

Tagliamonte le dévisageait, impuissant, avec ses cheveux clairsemés de vieillard et sa chemise froissée par les nuits sans sommeil. Il était difficile de croire que ce visage dissimulait un flic qui avait commis un tas de saloperies, qui avait fait arrêter des dizaines de collègues, mais sans jamais franchir la ligne rouge.

« Un jour tu le paieras, Carbone.

— Dis-moi un peu, tu veux *vraiment* me faire croire que tu ne t'es aperçu de rien tout au long de ces années ? Le préfet de police organisait des partouses, des orgies, tuait des témoins, et toi, tu menais des enquêtes dans d'autres directions ? Tu es vraiment si con ? s'écria Denis.

— Tu… tu ne sais foutrement rien de moi… »

En s'abritant les yeux derrière la main, Denis s'aperçut brusquement que Tagliamonte était ivre. Il avait dans sa poche une bouteille de whisky à moitié vide. Et il était sincère, comme un enfant qui vient de découvrir, après de longues années, qu'il a pour père un pédophile. Il s'était accoutumé au charisme du préfet de police, et cela n'avait rien d'absurde. Cet homme avait un charme et un pouvoir immenses.

« Tu as raison. Si tu m'offres une gorgée, asseyons-nous et parlons un moment », dit Denis.

Mais Tagliamonte s'éloigna vers sa voiture, son pistolet toujours au poing.

« On se reverra à ce putain de procès. Et si on ne te fiche pas au trou, je jure que je te le ferai payer un jour. »

Denis le regarda s'éloigner en courant. La chaleur commençait à faiblir.

Il lui restait dans la bouche le goût du whisky qu'il n'avait pas bu.

12

Il arriva au Copacabana à 11 heures. Il y avait peu de clients, les habitués : petits escrocs, vieillards fuyant leur famille, une femme au visage tuméfié. Le barman fixa sur lui un regard inexpressif, puis s'empara d'un verre sur le comptoir et le remplit de Macallan.

« Je savais que tu reviendrais… La cruche finit toujours par aller à l'eau.

— Ce n'est pas ce que dit le proverbe.

— C'est pareil. Les journaux racontent que tu as arrêté les fumiers qui t'avaient tiré dessus.

— Presque. »

Le barman ricana, lui versa une deuxième tournée, qu'il sirota avec plaisir. Son estomac ne lui brûlait pas encore, mais cela ne tarderait pas.

« C'est moi qui t'invite », déclara le barman avant d'aller à l'arrière ranger vaisselle et fournitures.

L'air du lac était aigre, il vous collait à la peau comme de la résine. La télévision transmettait les derniers matchs du tournoi : Del Potro jouait son meilleur tennis depuis dix ans, mais il n'empêcherait pas l'Espagnol d'atteindre la finale.

Denis ne remarqua pas l'homme qui entrait, puis

s'asseyait à côté de lui au comptoir. C'était un quinquagénaire distingué : raie dans les cheveux, complet gris, cravate. Il jeta un coup d'œil au téléviseur et marmonna quelques mots.

« Ces types qui gagnent toujours, ça vous gâche le plaisir. Quand j'avais vingt ans, c'était autre chose : Edberg, McEnroe, la lesbienne…

— Navrátilová.

— Oui. Ça, c'étaient des joueurs. Et la télé payante n'existait pas, Carbone… »

Denis but une autre gorgée et tourna la tête.

« On se connaît ?

— D'une certaine façon. »

L'homme desserra son nœud de cravate et commanda d'un signe au barman la même consommation que celle de Denis. Après quoi il renifla le verre tranquillement et le vida. Ses mouvements avaient quelque chose de sournois.

« Colonel Romano.

— Des Services ? »

Il acquiesça.

« Je savais que vous viendriez. Mais je ne pensais pas que ce serait si tôt.

— Nous avons suivi ton histoire de près. Tu as été habile : le préfet de police était un os.

— Qu'est-ce que vous me voulez ?

— Disons que nous venons te renvoyer l'ascenseur. Et te faire une proposition. »

Denis s'impatienta. Non parce qu'il avait peur de son interlocuteur ou des conséquences de leur conversation, mais parce qu'il *ne savait pas*. L'inconnu génère toujours de la confusion.

« Si tu veux ces cartes mémoire, tu peux mettre une croix dessus. Je les ai confiées à un copain qui s'y connaît en ordinateurs et qui saura me dire ce qu'elles contiennent », mentit-il.

En réalité, c'est ce qu'il aurait aimé faire dès le jour de son affrontement avec le préfet de police. Il s'en était abstenu, sachant qu'il aurait ainsi mis d'autres personnes en danger. Et il y avait déjà eu trop de morts par sa faute.

« Des conneries. Les cartes mémoire sont dans ta chambre, précisément dans le tiroir où tu mets tes caleçons. Ou plutôt étaient : mes hommes viennent de les récupérer. Ne t'inquiète pas, ils n'ont abîmé ni les portes ni les fenêtres… »

Denis éclata de rire. Il leva son verre à l'adresse du barman afin d'en réclamer un autre. C'était également un geste de capitulation, ou d'admiration envers le colonel.

« Alors tu peux me révéler maintenant ce qu'il y avait dedans…

— Des codes. Je me contenterai de dire que le préfet de police avait de puissants amis avec lesquels il faisait des affaires plutôt sales. Et ses amis sont nos ennemis.

— Des Services à l'intérieur des Services ? Genre *Les Trois Jours du Condor* ? »

Romano ricana en abattant la main sur l'épaule de Denis. Il semblait avoir abandonné un instant ses habits de soldat.

« Alors les deux tueurs étaient bien des militaires ?

— Ils étaient passés de l'autre côté.

— L'un des deux s'est sauvé. Et il a tué un policier innocent.

— Toi aussi, tu as descendu quelques personnes.

— Elles le méritaient. »

Le colonel ricana une nouvelle fois. Comme s'il avait établi avec Denis une entente.

« Tu n'as rien à craindre du procès. Le chef de la police et le ministre ne peuvent pas cacher ce qui s'est réellement passé, mais ils ne peuvent pas non plus admettre qu'un de leurs meilleurs éléments était un assassin qui essayait d'éliminer d'autres flics et fréquentait des putains…

— Ester Fornario n'était pas une putain.

— Ce n'est pas la question. Ils auront besoin d'un héros dans cette histoire. Et le héros, c'est toi. Tu en sortiras blanc comme neige. Tu as notre soutien.

— C'est donc ça, le renvoi d'ascenseur, semble-t-il. Et la proposition ?

— Tu es fort, Denis. Tu as renversé Jéricho à toi tout seul. Mais même Samson a besoin d'amis pour affronter une armée.

— Tu parles du temple de Gaza. Moi, je ne suis pas en guerre contre ces putains de Philistins, répliqua Denis en buvant une gorgée, puis en allumant une Rothmans.

— C'est ce que tu crois. Les méchants viendront te chercher.

— Quand ils viendront, ils me trouveront prêt. »

Le colonel parut s'impatienter. Il leva les yeux vers le téléviseur et constata qu'il était éteint.

« Je dois en déduire que c'est non ?

— Disons que ma décision est repoussée à plus tard. »

L'air s'était soudain rafraîchi. Mais la puanteur saumâtre était encore étouffante.

« Ne tarde pas trop, dit le colonel en se levant. Tu trouveras mon numéro dans ton tiroir à sous-vêtements. »

Quand il fut presque sur le seuil, Denis eut une idée. Il l'interpella :

« Mon chef a des emmerdes avec la commission d'enquête parlementaire. C'est vous qui en êtes responsables ?

— Non. C'étaient le préfet de police et ses associés.

— Si j'accepte, vous pourrez l'aider ? »

Le colonel s'éloigna dans un sourire et leva la main en un signe qui pouvait dire tout et son contraire.

Denis le regarda foncer à bord de sa Mercedes noire, qui soulevait la poussière entre le lac et la pinède. Il s'aperçut que sa cigarette avait brûlé jusqu'au filtre et la jeta sur le parking.

Puis il retourna à son whisky et, pour la première fois, s'autorisa à penser à l'affaire Fornario en faisant abstraction des conneries qu'il lui fallait refiler au magistrat.

Le préfet de police de Naples était un homme puissant. Il n'avait jamais appartenu officiellement aux services extérieurs, mais il y avait des connaissances, des intérêts et des appuis. Il aimait les femmes. Après la mort de son épouse et de son fils, il avait recommencé à coucher à droite et à gauche, comme à l'époque de l'université. Avec Albano, l'un de ses fidèles lieutenants, il avait rencontré Ester Fornario au Rising Sun, et leurs nuits s'étaient remplies de coke, d'alcool et de petits jeux sadomasos : Ester s'y entendait aussi bien dans le rôle de la dominatrice que dans celui de l'esclave. C'était la maîtresse idéale.

Lors d'une de ces partouses, une putain moldave était morte d'overdose : le préfet de police s'était débarrassé du corps et avait étouffé l'affaire en menaçant notamment le pauvre Chianese, qui assistait à cette soirée par hasard. Avec le temps, la situation s'était compliquée : Ester était tombée amoureuse du géant, qu'elle avait invité chez elle et dans son baisodrome de la via Petrarca, où elle expédiait parfois ses amants pour les épier de la villa à l'aide d'un télescope. Pendant leurs ébats, Albano avait commis l'imprudence d'enregistrer la vidéo sur une des cartes mémoire que le préfet de police et lui-même utilisaient en général pour autre chose. Ester s'en était emparée dans le but de le faire chanter, sans imaginer un instant que des données sensibles y étaient cachées, et s'en était servie pour son usage personnel. Le préfet de police avait d'abord essayé de l'amadouer, puis il avait perdu patience et s'était rendu chez elle, via del Marzano, en compagnie du géant. La situation lui avait échappé. Et les ennuis avaient commencé.

Denis et son chef s'étaient occupés de l'enquête. Le préfet de police avait tenté de l'accaparer, mais le substitut du procureur, un beau fils de pute, avait tenu à ce que les deux équipes travaillent ensemble. Le préfet de police avait donc dû affronter un double problème : coincer quelqu'un pour justifier la mort d'Ester Fornario et récupérer les cartes mémoire qui risquaient de le coincer, lui. Il avait trouvé la solution au premier problème en la personne de Chianese, le parfait bouc émissaire. En revanche, il lui avait été difficile de mettre des bâtons dans les roues aux hommes du commissariat de Pausilippe, qui n'avaient cédé à aucune pression.

En scrutant le fond de son verre, Denis comprit soudain qu'il avait vraiment risqué sa vie. Il s'était moqué des conséquences de ses actes et était allé jusqu'au bout. Le linge sale se lave en famille, lui avait-on appris dès son arrivée à l'école de police. Mais il arrive aussi dans les meilleures familles qu'un mouton noir se présente de temps en temps. Et il comptait parmi eux.

Vers minuit, le Copacabana se vida. Denis jeta un regard circulaire : il était le dernier client, comme d'habitude. Dans un instant de lucidité, il pensa qu'il avait obtenu la seule chose qu'il désirait : se saouler à l'abri du lac, dans le silence estival qui évoquait la veille d'un enterrement.

Les remords l'abandonnaient, et il repoussa ses réflexions au lendemain. Pour l'heure, il n'y avait que lui, un paquet de Rothmans neuf et un autre verre de Macallan.

Le barman passait la serpillière sur le sol, les chaises étaient retournées, et le téléviseur, entretemps rallumé, transmettait dans un bourdonnement la énième rediffusion des émissions sportives.

Alors qu'il finissait son whisky, il entendit le moteur d'une voiture s'éteindre à l'extérieur. Puis la porte s'ouvrit sur une personne qui semblait certaine de le trouver là, ce qui le surprit.

« Je suis allée chez toi… Après ce qui s'est passé, j'ai pensé que tu étais le seul à pouvoir tout m'expliquer.

— Il n'y a rien à expliquer, Laura. »

À en juger par sa tenue, on aurait pu croire que l'hiver était arrivé. Elle portait un pull-over en laine sur les épaules, et son visage était plus pâle que lors de leur dernière rencontre. Denis essaya d'éviter son regard : il savait qu'il retomberait sous son charme. Elle était toujours aussi jolie. Elle n'avait pas changé. Elle aurait beau tuer quelqu'un, elle continuerait de lui plaire. Et, pourtant, quelque chose avait changé à présent.

« J'ai rendu visite à Maurizio en prison. Il refuse de discuter. Il marmonne des choses absurdes, je ne le reconnais plus. J'ai peur qu'il ne perde la tête.

— Il était déjà comme ça, Laura, mais tu ne t'en étais jamais aperçue. »

Elle s'était assise sur un tabouret, près de celui de Denis, qui sursauta imperceptiblement. Il glissa une cigarette entre ses lèvres et laissa Laura la lui allumer.

« Et toi, comment ça va, Denis ?

— Je survis. C'est ce que je sais faire de mieux.

— J'ai l'impression d'avoir vécu une hallucination pendant toutes ces années... Le mariage, les promesses, les éclats de rire. Je n'arrête pas de me dire qu'il mentait, et pourtant je n'arrive pas à le détester ou à m'apitoyer. »

Denis ferma à demi les paupières et souffla un jet de fumée. Il était saoul, mais pas au point de se leurrer. Il percevait la souffrance de Laura et se l'appropria. Il avait passé des nuits entières à se remémorer les jours heureux, les soirées, le champagne sur la plage et les journées insouciantes. Il croyait que cela ne s'achèverait jamais. Et que lui était-il resté ? Les souvenirs, des bouts de phrases conservés de la corrosion du temps et quelques espoirs. Or ces espoirs aussi semblaient s'évanouir. C'était trop douloureux, plus douloureux encore que son enquête sur l'affaire Ester Fornario et ce qui en avait découlé. Au cours des dernières années, la voir quelques instants et attendre la rencontre suivante lui avaient fait du mal. Maintenant, les choses avaient changé. Il comprenait qu'il avait atteint le bout d'un scénario dépourvu de happy end.

« Qu'est-ce que tu me veux, Laura ? »

Elle baissa les yeux. Elle savait qu'il finirait par poser cette question. Elle le connaissait. Et elle connaissait également ses faiblesses.

« Quand on revoit son passé, on pense au temps qu'on a perdu, à ce qui se serait produit si... Tu es venu pendant des mois te garer en bas de mon immeuble. Tantôt je t'ai vu, tantôt je t'ai juste imaginé. Voilà pourquoi j'en suis arrivée à me demander si...

— Non, chérie. »

Laura s'approcha et lui saisit la main. Le cœur de Denis vola en éclats. Il pensa à la mort de Finamore, à son chef hospitalisé, au mari de Laura en prison. Il pensa aussi à Teresa, qui pleurait peut-être à cet instant précis. Et à Ester Fornario, morte devant sa villa parce qu'elle était tombée amoureuse du mauvais homme.

« On pourrait se téléphoner, Denis. Et, quand ça te dit, dîner ensemble. La Scialuppa était ton restaurant préféré, non ? »

Denis lui caressa la main et la serra contre lui. Il n'avait même pas osé rêver à ce moment. Il percevait la chaleur de Laura et celle du whisky dans son corps : il ne pouvait rien désirer de mieux. Mais il se sentait vieux. Et il avait encore trop de batailles à mener. Il lâcha la main de Laura et se déroba à son visage qui se rapprochait. Puis il posa un billet de cinquante sur le comptoir et se dirigea vers la porte.

« Il est tard. Trop tard, Laura. »

Il sortit dans l'obscurité sale du lac, parcourut quelques mètres et trouva sa voiture. Il hésita quelques secondes : maintenant, oui, il avait l'impression d'être ivre.

Il rassembla son courage et démarra sans se retourner. La lumière des réverbères éclairait la rue. Au loin, quelques putains chantaient devant un feu de joie qui brûlait à grand-peine.

Il fut saisi par un élancement à l'estomac. Ce n'était pas seulement une douleur physique. Le lac s'effaçait devant des arbres séchés, des pneus troués et des bouteilles brisées au coin de la rue. C'était sa terre, sa maison, et pourtant il ne savait pas où aller.

Il fuma une énième cigarette et regarda le Copacabana disparaître dans son rétroviseur. Puis il alluma la stéréo, monta le volume au maximum pour éviter d'entendre ses remords et se plaça dans le sillage d'un camion, abandonnant le volant à la nuit.

REMERCIEMENTS

Écrire est un travail solitaire que soulagent le réconfort et l'aide d'autres écrivains, amis, connaissances et parfois étrangers, capables de vous offrir une illumination avant de disparaître dans la nuit. C'est à eux, surtout, que va ma reconnaissance. Je dois en particulier des remerciements à Guido Campobasso pour le Fisher Space Pen qui m'a permis de travailler à *Fragile est la nuit* alors que je souffrais d'une terrible discopathie au cours d'un été torride. À Carlo Amitrano, Roberto C., Francesco Paone et Carmelo Pecora, qui m'ont fourni des renseignements et des détails de première main, en l'absence desquels mon histoire n'aurait pas semblé aussi réaliste. À Toni D'Angelo, Giancarlo De Cataldo, Maurizio de Giovanni, Maurizio Fiume, Paolo Isotta, Margherita Macrì, Davide Morganti, Arturo Muselli, Gianni Solla, Francesco Vitiello et Carlo Ziviello pour leurs conseils et leur lecture. À Marco Vigevani, Claire Sabatié-Garat et toute l'équipe de mon agence littéraire, qui me soutient et me supporte depuis toujours. À Jacopo De Michelis et Flavia Vadrucci, qui se sont aussitôt épris de ce livre ; à Carlo Macchitella, Alessandro Passadore et aux amis de Madeleine Film, qui y ont cru dès le début. À Raymond Chandler, James Ellroy et Ernest Hemingway, qui m'ont montré la voie. Enfin, à mes enfants et à ma famille pour l'amour et la joie qu'ils me donnent.

MIXTE
Papier issu de
sources responsables
FSC® C003309

L'éditeur de cet ouvrage s'engage dans une démarche
de certification FSC® qui contribue à la préservation
des forêts pour les générations futures.

Pour en savoir plus :
www.editis.com/engagement-rse/

10/18 – 92 avenue de France, 75013 PARIS

Imprimé en France par CPI

N° d'impression : 3045079
X07794/01